偶然だな……
Rika

天使たちの課外活動７
ガーディ少年と暁の天使（上）

茅田砂胡
Sunako Kayata

C★NOVELS Fantasia

口絵・挿画　鈴木理華

天使たちの課外活動7

ガーディ少年と暁の天使（上）

ロボ・モリエンテス●五百年ほど前に二十四歳で亡くなった天才画家。作品数が少なく、『野兎』三部作が特に有名。
グッテンベルク●妖精《ニンフ》の作者。骨董宝飾品の巨匠。
レニエ●蝶の作者。骨董宝飾品の巨匠。
アッシュクロフト●チェストの作者。惑星ロスタで木工の神と呼ばれた職人。
ギボンズ●角灯《ランタン》の作者。高い技術と優れた芸術性が評価されている。
エタン・デュフィ●『革命の薔薇』の作者。伝説的な硝子工芸家。

パークス●『暁の天使』とアガサが出荷する卵の運搬業者のひとり。キャップ。
アレンビー●『暁の天使』とアガサが出荷する卵の運搬業者のひとり。
オコーナー●『暁の天使』とアガサが出荷する卵の運搬業者のひとり。
キンケイド●『暁の天使』とアガサが出荷する卵の運搬業者のひとり。
ジョン・ファレル●『暁の天使』とアガサが出荷する卵の運搬業者のひとり。
ナッシュ●『暁の天使』とアガサが出荷する卵の運搬業者のひとり。
ビル・キンケイド●『暁の天使』とアガサが出荷する卵の運搬業者のひとり。
ファレル●『暁の天使』とアガサが出荷する卵の運搬業者のひとり。
マクミラン●『暁の天使』とアガサが出荷する卵の運搬業者のひとり。

チャールズ・シンクレア（チャーリー）●シティでは知らぬ者のない名店『ミヨン』のオーナーシェフ。魚料理を得意とする。
バート・ニルソン●テオの限定期間終了後のポワール・シティ・ホテルレストラン料理長候補のひとり。チャールズの弟子。
ザック・ラドフォード（ラド）●同じくシティ名店の『ザック・ラドフォード』のオーナーシェフ。肉料理を得意とする。
ジャイルズ・マッケイ●テオの限定期間終了後のポワール・シティ・ホテルレストラン料理長候補のひとり。ザックの弟子。
ダグ・ベンソン●『テオドール・ダナー』菓子担当。
エセル・ヒューズ●『テオドール・ダナー』パン担当。
トム、ルパート、アドルフ、ロッド、ジョン●バートとジャイルズの補佐。

登場人物・関連地域等紹介

ルーファス・ラヴィー（ルウ／ルーファ）●期間限定店『テオドール・ダナー』の手伝い。偏屈なテオと会話が出来る貴重な人物。普段は連邦大学惑星《ティラ・ボーン》にあるサフノスク大学に通っているが、実は宇宙創造にかかわる人外生命体ラー一族。

ヴィッキー・ヴァレンタイン（リィ／エディ）●ルウの相棒。中学生にもかかわらず、なぜか一流の戦士の腕と魂を持っている。ルウと同様に、偏屈なテオと会話が出来る貴重な人物。

シェラ・ファロット●ルウとリィの仲間。中学生だが、なぜか暗殺技術は超一流。やはりテオと会話が出来る。

テオドール・ダナー（テオ）●料理店『テオドール・ダナー』を営む。現在、連邦大学惑星《ティラ・ボーン》の店舗が建て替え中のため、期間限定で中央座標《セントラル》に出店することに。料理の腕は天才的だが、料理以外のことにはとことん頓着しない。

アンヌ●テオの奥さんで『テオドール・ダナー』を支えていたが病死。パラデューの娘。

ヨハン●テオの息子。父親の補佐で苦労している。ルームサービス用調理担当。

カトリン●ヨハンと結婚。娘のアンヌは三カ月の乳児。

シメオン・パラデュー●投資家兼実業家。連邦でもっとも著名な投資家十人にも選ばれている有名人。テオの義理の父親。

ゲルハルト・スタイン●近代美術が専門の教授。ドミニク研究の大家として知られる。

アルフォンス・ブライト●エレメンタル近代美術館館長。

マイケル・モリス●エレメンタル近代美術館副館長。

フレデリック・シーモア●エレメンタル近代美術館前館長。

ドール・ドミニク・アンリコ●画家。『暁の天使』の作者。人類の至宝とも謳われる『暁の天使』は通常、エレメンタル近代美術館に展示されている。

ミシェル・ポワール●ポワール・シティ・ホテルの支配人。テオとアンヌの古い知り合い。
ミック●ミシェルの甥。『テオドール・ダナー』配膳のバイト。
フィリップ・ポワール●ミシェルの父親。一代で財産を築いた大実業家。
エメリーヌ・ポワール●ミシェルの母親。
アガサ・マーシャル●連邦大学惑星《ティラ・ボーン》のコートニー地方在住。香草や鶏を育てることを趣味としている老婦人。
ソール・レン●天然物にこだわる中央座標《セントラル》の漁師。テオに魚をおろしている。

マヌエル・シルベスタン二世●元連邦主席。現連邦主席の実の父親。
マヌエル・シルベスタン三世●現連邦主席。
ジャンヌ●パラデューの娘でテオの義理の妹。
ウォーレン・ミッチェル●ジャンヌの夫。実業家。
バーニー・エリクソン●ジャンヌの知り合い。資産家。社交界の著名人。
ソフィア・エリクソン●バーニーの奥さん。慈善活動に熱心。
トム・コリンズ●中央座標《セントラル》通信社のシティ本社専務。
ネイト・フィッツジェラルド●中央座標《セントラル》通信社のマース支局次長。

中央座標《セントラル》●正式名称は惑星セントラル。共和宇宙の政治経済の中心地。
ヴェリタス●中央座標《セントラル》にある大陸。
シティ●中央座標《セントラル》の中にある都市。主要行政機構が集中しており、この街へ入るための審査は宇宙一厳しい。
エレメンタル近代美術館●中央座標《セントラル》で最大の美術館。収蔵品の質量ともに連邦屈指の規模を誇る。
ポワール・シティ・ホテル●中央座標《セントラル》にある高級ホテル。ただし開業は３カ月先の予定。
連邦大学惑星《ティラ・ボーン》●中央座標《セントラル》とは恒星間距離にある惑星。
マース●合衆国。共和宇宙で一、二を競う超大国。
カレイラ●ポワール一家の出身惑星。

1

連邦大学惑星レゴン州、コートニーという地方の緑豊かな山腹に、小さな家がぽつんと建っている。

見渡す限り、他に人家はない。

家の周りには草むらの平地が広がり、放し飼いの鶏《とり》たちが草や虫を食《は》んでいる。

アガサ・マーシャルは夫を亡くして以来、一人でこの家で暮らしていた。

アガサの朝は早い。夜明けと同時に山に分け入り、季節ならば山菜《さんさい》を摘《つ》み、山の手入れをし、戻ったら香草の畑と鶏の世話をするのが日課だ。

夫の年金があるので、ほぼ自給自足の生活ながら、彼女の暮らしぶりには余裕がある。時には町へ出て、友人たちとのおしゃべりや買い物を楽しんでいる。

とはいえ、日常的に人と会うことはほとんどない。

そんなアガサの生活に、ここ数日、大きな変化が生じていた。

朝の九時頃、屈強《くっきょう》な男たちが彼女の家を訪れ、礼儀《れいぎ》正しく声をかけた。

「今日の分の卵をいただきに参りました」

ここ数日、これが日課になっている。

「はい。用意できていますよ。——あら？」

アガサは笑顔で運送業者を迎えたが、ちょっと戸惑《とまど》い顔になった。

「昨日までの方とは違うのね？」

この二日間、同じ顔ぶれの二人が家に来ていた。

二人ともまだ二十代と若く、中背で、肉体労働にしても、がっしりした体軀《たいく》で、無愛想に見えるほど表情が動かず、目つきも鋭い。

独《ひと》り暮らしの老婦人が警戒しても当然の強面《こわもて》だが、アガサは屈託のない笑顔で応対していた。

今日の二人は、どちらも三十代に見える。

一人は丸顔で一人は四角い顔だが、二人とも首は太く、胸板は分厚く、昨日までの二人と比べても、さらに体格がいい。

背が高いというより『大きい』『威圧感《いあつかん》がある』と表現したほうがぴったりの二人だった。

丸顔のほうが制帽の庇《ひさし》に手をやり、軽く頭を下げる。

「自分たちはいくつかのチームで動いていますので、また違う人間が来ることもあるかと思います。この帽子と制服を目印にしてください」

「ああ、そうなんですね。――それじゃあ、今日はあなたたちが中央座標《セントラル》まで行くのかしら？」

「そうです」

「お名前を伺《うかが》ってもよろしい？」

「自分はパークス、こちらはオコーナーです」

「ご苦労さまです。わたしはアガサ・マーシャル。よろしくお願いしますね」

アガサは笑顔で挨拶《あいさつ》すると、用意しておいた笊《ざる》をパークスに差し出した。

産みたての卵が二十個ほど盛られている。

梱包《こんぽう》もしていないが、それでいいと言われている。

突然、旧友の息子から連絡をもらった時は本当に驚いた。

「父がアガサさんの卵を使いたがってるんです」

旧友のテオドール・ダナーは料理人で、アガサの鶏たちの卵を、他のどの卵よりも美味《うま》いと評価してくれている。使いたいと言ってくれるのは嬉《うれ》しいが、彼の店は現在、建て替え中のはずだ。

テオドールも息子のヨハンも今は中央座標《セントラル》にいて、仮店舗《かりてんぽ》で仕事をしていると聞いている。

中央座標《セントラル》の正式名称はそのまま惑星セントラル。文字通り、共和宇宙の政治経済の中心地だ。

一方、アガサがいるのは連邦大学惑星。

正式名称は惑星ティラ・ボーン。外洋型宇宙船を使わなくては行き来できない距離である。

交通技術が発達した現在、無理をすれば日帰りも不可能ではないが、現実的ではない。

アガサの戸惑いを察し、ヨハンも困惑したように言ってきた。

「……交通費だけでもいったいいくらかかるかと思うんですけど、親父は言い出したら聞かないし、母さんが生きていたら、きっと同じことをしたと思うんで……すみませんが、よろしくお願いします。ラヴィーさんが業者を手配してくれたんで、毎日、そちらまで卵を取りに行ってくれるそうです」

「毎日？　うちの卵を中央座標《セントラル》まで？」

アガサの眼がまん丸になる。

「でも、うちの卵はそんなにたくさん取れないのよ。多くても一日に三十個くらいしか……」

「親父はそれでいいって言ってます。アガサさんが食べる分はもちろん、残しておいてください」

「待ってちょうだい。まさか、たったそれだけの卵を毎日、国外発送するというの？」

採算が合わないにも程があるが、ヨハンは再び、きっぱりと言った。

「母さんならやります」

アガサは吐息を洩らした。

「……そうね。アンヌならきっとやるわ」

テオドールの妻のアンヌは夫に満足のいく仕事をさせるためには手間も費用も惜しまなかった。

納得しつつも、アガサはまだ疑問を述べた。

「でも、それなら毎日送らなくてもいいんじゃないかしら。卵は、料理によっては何日か置いたほうが美味《おい》しくなるもの。百個くらい集めてからまとめて送ったほうが……」

「うちの親父なら、同じ日付の卵でも、いつが一番美味しいのか、卵の状態を見て判断すると思います。俺にはできないことですけど、親父ならやります」

再び、嘆息である。

「ええ。テオならやるわね……あの人は妥協という言葉を知らないもの。こと料理に関しては」

「そうなんですよ」

ヨハンも父親の性格を知り抜いているだけに、同意しながらも諦めている口調で言ってきた。

「アガサさんの卵だけを使うわけじゃないんですよ。こっちでも卵は他にちゃんと手配してるんですけど、親父はアガサさんの卵をある程度、手元に確保しておきたいんだと思います」

微笑したアガサだった。

「そこまでテオに評価してもらえるのはありがたい限りだわ。あなたのほうは、調子はどう？　大きなお店なんでしょう？」

ヨハンの声も苦笑している。

「もう、てんてこまいですよ。連邦大学とは材料も全然違うし、その分、やりがいもありますけど」

「あなたなら大丈夫《だいじょうぶ》よ。頑張《がんば》って」

励《はげ》まして、アガサはちょっと不安そうに言った。

「でも、もう一つ心配なの。卵は振動に弱いのに、宇宙船に乗せたりして、大丈夫かしら？」

「それもラヴィーさんが言ってました。運送業者にお願いして特別な入れ物を用意してもらうそうです。俺も知らなかったんですけど、卵に極力振動を与えないように固定して運べる入れ物があるんだそうで、だから、アガサさんは荷造りとかしなくていいんで、卵を集めるのだけお願いします」

「まあ、そうなの？」

ヨハンが言ったとおり、一昨日《おととい》も今朝も、運送業者の男たちは専用の容器を持参してきた。

縦横高さ、それぞれ70センチほどもある、大きな箱だったが、蓋《ふた》を開けると、内部は驚くほど狭く、せいぜい40センチ立方くらいの容量しかない。

一昨日の二人はその性能を丁寧《ていねい》に説明してくれた。

「蓋を閉めて施錠《せじょう》すると、三方から極小の粒子《りゅうし》が噴出して、中身を完全に固定します」

「密閉するわけではありません。空気は通しますし、温度・湿度《しつど》も適度に保ちます。卵が変質することはまずありません」

「解錠すると、粒子は気化して内壁に吸収されます。

蓋を開けた時には卵だけが入っている仕組みです」

「まあ……。ですけど、これ……」

予想以上に仰々《ぎょうぎょう》しい容器の登場にアガサは眼を丸くして、男たちに問いかけた。

「……どう見ても、卵用じゃありませんよね？」

「はい。従来は硝子《ガラス》や粘土細工《ねんどざいく》など、強度に欠ける美術品を運搬《うんぱん》するためのものです」

「……ですよねえ」

まさか笊に盛った卵を詰め込む羽目になろうとは、運送業者にとっても予想外の事態だったろう。

今日はパークスが笊を受け取った。その時には、オコーナーが保管箱の蓋を開けて待っており、笊を納めて慎重《しんちょう》に蓋を閉めた。

内部の様子は見えないが、やがて蓋に『保管完了』と表示が出る。

これが動かしてもいい合図なので、オコーナーは軽々と箱を持ち上げた。

箱自体に相当な重量があるはずだが、その重さを少しも感じさせない。

パークスが再び制帽の庇に手をやって、アガサに挨拶し、背を向けようとした時だ。

アガサは別の大きな籠《かご》をパークスに差し出した。

「これも持って行ってくださいな。——うちの山で取れた山菜と、わたしが育てた香草なんです」

蓋付きの籠なので中は見えない。

しかし、卵以外の輸送は請け負っていない。

パークスは確認する眼差しをアガサに向けた。

彼の雇《やと》い主《ぬし》はこの老婦人ではなく、別の人物だが、今そちらに確認をとるわけにはいかなかったからだ。

アガサは微笑して頷《うなず》いた。

「テオはきっと喜んでくれるはずですから。お願いします」

どのみち同じところに行くのだ。かたくなに拒否するのもおかしな話である。パークスは無言で頭を下げて籠を受け取り、アガサの家を出た。

家から少し離れたところに造成された広場があり、

二人はそこに乗り物を止めていた。

車ではない。四人乗りの小型飛行機だ。

それも、ただの小型機ではない。離発着の際にもほとんど音をたてない無音の垂直離着陸機《ブイトール》である。

これはれっきとした軍用機だ。

間違っても『町の運送屋さん』が『卵の運搬』に使うような代物《しろもの》ではないが、二人は慣れた様子で、機体の後部座席に荷物を載せた。

保管箱も籠も安全帯で固定した後、オコーナーが操縦席《そうじゅうせき》に座り、パークスが助手席に着く。

垂直離着陸機はその性能を存分に発揮《はっき》して、ごくわずかな音をたてただけで、ふわりと地面を離れ、静かに空中を進んでいった。

やがて最寄りの宇宙港が現れた。小規模ながら、設備は整っている宙港だ。その地上に、格納庫扉を開いた三万トン級《クラス》の外洋型宇宙船が待機している。

オコーナーはなめらかな動きで高度を下げていき、滑《すべ》り込《こ》むように格納庫扉の中に小型機を進入させて、定位置に着地した。

格納庫内に待機していた男が、停止した小型機の固定作業を手早く済ませる。

小型機から降りたパークスが格納庫扉を閉めた後、操縦室に合図を送る。既に発進準備を済ませていた三万トン級《クラス》の宇宙船は、ゆっくりと大地を離れた。

普段はもっと急上昇して大気圏《たいきけん》を抜けるが、今は極力荷物に衝撃《しょうげき》を与えないよう、まるで豪華客船《ごうかきゃくせん》のような慎重な離陸である。

パークスとオコーナーは小型機から荷物を下ろし、同じ格納庫内の車に積み替えた。

これから行く場所では陸路しか使えないからだ。

行き先は中央座標《セントラル》のシティ。

文字通り、共和宇宙連邦のお膝元《ひざもと》である。

よほどの緊急《きんきゅう》事態でない限り、シティの上空を飛ぶことは許可されない。

この時、パークスが保管箱を、オコーナーが籠を持っていた。籠の中身は薬物だと聞かされていたが、個別に固定したほうがいい場合もある。

確認しようとして籠の蓋を開けたオコーナーは、無表情のままパークスを呼んだ。

「キャップ」

その口調に小さな異変を感じて、パークスは彼の視線の先を確認した。

籠の中には確かに山菜と香草が入っていた。

正しくは山菜と香草『も』と言うべきだろう。

大きな籠の半分くらいの容積を占めていたのは、プラスチック製の食品保管容器に入った料理だった。

オコーナーはそれらを一つずつ取り出した。

大量のサンドイッチ、チキンナゲット、数種類のパイ、スティック状の野菜、切り分けた果物等々。

きちんとした文字のメモが同封されていた。

『皆さんで召し上がってください。籠と容器は明日返してくださいね』とある。

パークスは小さく唸《うな》った。

「……確認せずに受け取った俺の失敗《ミス》だ」

アガサ・マーシャルは典型的な『善良な一市民』である。

卵の『配達』に外洋型宇宙船で恒星間を移動する（それも連日）業者の人たちに感謝の意を示そうと、自分なりに労《ねぎら》おうとしたのだ。

オコーナーがやはり無表情に質問する。

「廃棄《はいき》しますか？」

「いや、待て」

パークスは格納庫に待機していた男に言った。

「確認《チェック》しろ」

「はい」

男は船内に走り、すぐに本格的な検査用具一式を持って戻って来た。

オコーナーと手分けして、容器の中身を一つずつ、何種類もの検査に掛けていく。

やがて結果が出た。

「毒物反応、陰性《ネガティブ》」

もう一人もオコーナーに続く。

「細菌反応、陰性《ネガティブ》」

さらに検査を重ね、再びオコーナーが言った。

「危険物質反応、陰性《ネガティブ》。オールクリアです」

パークスが確認するように問いかけた。

「つまり、これは？」

「弁当です。ただの」

「………」

パークスは何とも言えない顔で沈黙した。

オコーナーも、もう一人の男もだ。

その男が、ぼそりと言う。

「今の自分たちは民間の運送業者ですからね」

オコーナーが続けた。

「荷物を届ける時、引き取りに行く時、依頼人から差し入れをもらうこともあります」

「常連ならなおさらで、一般的なのは飲み物ですね。珈琲《コーヒー》とか炭酸飲料」

パークスが苦い顔で言う。

「比べると、量が桁違《けたちが》いだがな……」

「美味そうです」

「安全は確認されました」

オコーナーともう一人の男は自分たちで検査した食べ物を見つめ、指揮官を見た。

パークスは熟考の末、苦しげに答えを出した。

「せっかくのご厚意を無下《むげ》にするわけにはいかない。

──マクミラン」

「はい」

「操縦室のナッシュにも持って行ってやれ」

「了解」


翌朝、アガサ宅を訪れたパークスはオコーナーの他にナッシュを連れて行った。

今までは二人で卵を取りに来ていた。実際、手はそれで足りるのだが、応援として連れてきたのだ。

ナッシュは気のいい陽気な男だが、隊員の中でもひときわ大きな体格で、浅黒い肌に顔立ちも厳《いか》つく、目つきも鋭い──というより悪い。

はっきり言って存在自体が怖《こわ》い。

パークスもオコーナーも大柄《おおがら》だから、壁のように立ちはだかる強面三人は大変な迫力である。

よほど腕っ節に自信のある荒くれ男でも、単独でこの三人に立ち向かうのは尻込みするはずだ。

パークスは籠と容器をアガサに返して、控《ひか》えめに、だが、きっぱりと言った。

「今後はこういうことはご遠慮《えんりょ》させてください」

凄《すご》みさえ込めた口調だったはずだが、華奢《きゃしゃ》な老婦人はそんじょそこらの無頼漢より遥《はる》かに強かった。

にこにこ微笑《ほほえ》みながら、昨日と同じように薬物と食べ物のぎっしり詰まった別の籠を差し出し、拒否《きょひ》されるとは端《はな》から考えていない口調で言ってきた。

「ご迷惑かしら？」

実はまったくもってその通りなのだが、迷惑だと言ってしまったら、この善良な女性の気持ちを踏みにじることになる。

しかし、ここで新たな籠は受け取れない。

パークスも拳《こぶし》を握りしめて踏ん張った。

「連日こんなことをしていただくのでは、それこそご迷惑になります」

「あら、ですけど、わたし一人ではとてもこんなに食べられませんもの。もうつくってしまったのだし、助けると思って受け取ってくださいません？」

懇願《こんがん》する口調だが、顔には笑みがある。

「お気遣《きづか》いなく。お弁当の代金はちゃんともらっていますから」

パークスは驚いた。

「誰からです？」

「あなたたちの雇い主から」

「…………」

いったい誰のことを言っているのか、パークスは訝《いぶか》しんだ。

今の自分たちはいわば『出向』として外部に貸し出されている身である。

もともとの『雇い主』は共和宇宙の誰もが知る大

物政治家だ。彼がこんな一地方の民間人に接触などしたら大騒ぎになってしまう。

第一、元の雇い主は自分たちを雇っていることを極秘にしている。

必然的に今の、臨時の雇い主ということになるが、パークスはその人物をよく知らなかった。

アガサはパークスの葛藤《かっとう》など知るよしもない。ちょっと困ったように頼み込んできた。

「宇宙船で行かれるなら、場所はありますでしょう。この山菜と、うちの香草はどうしても持って行ってもらわないと。昨日の分もテオがとても喜んでいたそうなんですよ。——ですから、はい」

あらためて籠が差し出される。

ここで『薬物だけ』受け取って食品保管容器を残らず外に出すのは——人としてあるまじき行為《こうい》だ。

何より今の自分たちは民間の運送業者なのだ。

この状況で、あくまで差し入れを拒むのは普通の運送業者としては、いささか奇異《きい》な行動である。

下手《へた》をすると、この老婦人に何らかの異変を感じさせることにもなりかねない。

どんなに不本意でも受け取らざるを得なかった。

アガサは返された籠を開け、きれいに空《から》になった容器を見て嬉しそうだった。

「お口に合ったかしら？」

パークスは諦《あきら》めの境地に達して言ったのである。

「こんなに美味しい料理は初めてでした」

嘘《うそ》でも追従《ついしょう》でもなかった。

彼の横でオコーナーとナッシュも頷いている。

肉体労働なので、彼らは皆、よく食べる。

もちろん粗食に耐える訓練はしているし、必要とあれば何日も非常食だけで過ごすことも珍しくない。

だからこそ、久々に味わう手料理は涙が出るほど美味かった。

アガサは本当に嬉しそうに、にっこり微笑んだ。

「わたしの料理はテオの足下にも及ばないけれど、気に入ってくださって嬉しいわ」

「テオドール・ダナーのことですか」

「そうよ。あなたたちが毎日卵を運んでくれているレストランの料理長。あの人の腕こそは神の御業《みわざ》ね。比べられても困るけれど、皆さんも一度、味わってみるといいと思うわ」

パークスは正直に言った。

「自分は神の御業よりも、あなたのご親切に感謝します」

「お礼を言うのはこちらのほうですよ。これからもよろしくお願いします」

保管箱は今日もオコーナーが持った。

ナッシュは手ぶらのまま、軽く頭を下げて、出て行こうとしたが、その彼をアガサが呼び止めた。

「ちょっと待って」

奥に引っ込んだかと思うと、少し大きめの茶色の紙袋を持って戻って来る。

「これも持って行ってくださいな」

紙袋から何ともいい匂いが漂《ただよ》ってくる。

受け取ったナッシュが袋の口を少し開けてみると、中身はフライドポテトだった。それも揚《あ》げたてだ。

「ちょうどよかった。たった今揚げたばかりなの。温かいうちに食べてくださいね」

ナッシュはこれまで数え切れないほどの修羅場《しゅらば》をくぐってきた男だ。パークスもオコーナーも、宇宙船で待機しているマクミランも、いずれ劣《おと》らぬ百《ひゃく》戦錬磨《せんれんま》の猛者《もさ》たちである。これまでどんな難敵にも屈したことはない。

その彼らが、眼の前でにこにこ微笑む老婦人には白旗を揚げざるを得なかった。

ナッシュは大きな手に紙袋を捧げ持つようにして、何とも言えない口調で言った。

「ありがたく、いただきます」

三人は昨日と同じように垂直離着陸機まで戻り、卵を後部座席に固定すると、今日はその足下に籠を据えた。紙袋を抱えたナッシュが保管箱の隣に窮《きゅう》屈《くつ》そうに納まり、操縦席にはオコーナー、助手席にパークスが着く。

後は発進するだけという時になって、後部座席のナッシュがおもむろに紙袋の口を開けた。

当然、揚げたばかりの芋《いも》の匂いが機内に充満する。

誰しも覚えがあるだろうが、こんなにも香ばしく食欲をそそる匂いは滅多《めった》にないのだ。

パークスは顔をしかめ、振り返って注意した。

「ナッシュ」

袋の口を開けたまま、強面の部下は困ったように言ってきた。

「冷めたら美味くないです」

「だめだ。検査していないものを口にはできない。服務規程違反だぞ」

操縦席のオコーナーがパークスに声をかけた。

「キャップ」

彼がポケットから取り出して差し出してきたのは、簡易《かんい》の検査用具一式である。

パークスは片方の眉《まゆ》をちょっと吊《つ》り上《あ》げた。

荷物を受け取るだけなら必要のないものだからだ。

なぜこれを持ってきたのか問いただそうとするも、いつもほとんど表情を変えない部下は、この時も真顔で言ってのけた。

「芋はあったかいほうが美味いです」

真理である。

パークスは複雑な顔で用具をナッシュに手渡し、ナッシュは黙々と紙袋の中身を検査した。

その間に、オコーナーは機体を離陸させている。

検査の結果はもちろん異常なしだ。

ナッシュはパークスに検査用具を返すと、何やらがさがさ音をたてていたが、前席のパークスの顔横に何かを、ぬっと突き出してきた。

見ると、軽食スタンドでよく見る紙筒である。

その中にフライドポテトを山盛りにしてある。

「小分け用のが中に入ってました」

至《いた》れり尽《つ》くせりである。

操縦席のオコーナーが言った。

「俺の分も頼む。高度が安定したら食べる」

「了解」

律儀《りちぎ》なナッシュは別の紙筒に芋を山盛りにして、後部座席で待機している。

紙筒を受け取ったパークスは、半ばやけくそで、フライドポテトを口に放り込んだ。

「……この機内で民間人の手作りを食う羽目になるとは、前代未聞だぞ」

後部座席のナッシュが真面目に言ってくる。

「でも、美味いです」

かくて、軍用機としてあるまじきことながら、三人と卵と山菜を乗せた垂直離着陸機は、揚げたてのフライドポテトのいい匂いを機内に漂わせながら、空を飛んでいった。

2

開店初日を迎え、給仕係一同は緊張《きんちょう》気味《ぎみ》だった。

今日初めてお客さまを迎えるのだ。緊張するのも無理はないが、理由は他にもあった。

彼らが働く店は、三カ月後にポワール・シティ・ホテルとして開業する建物の屋上、その空中庭園の中につくられている。

この立地だけでも、町の食堂とは桁違《けたちが》いの料金が発生するのは明らかで、客層のほとんどを富裕層が占めるのは最初からわかっていたことでもある。

しかし、それを踏まえても、先程から来店されるお客さまの顔ぶれがただごとではないのだ。

お客さまの詮索《せんさく》をするのも、肩書《かたが》きでお客さまの差別をするのも給仕係は慎《つつし》まなければならないが、そんな慎みを忘れてしまいそうになるくらい、社会的地位の高い人たちが続々と来店してくる。

ホテルオーナーのミシェル・ポワールの甥《おい》で給仕係の一人として入っているミックはまだ若く、巨大財閥の役員の顔や名前はわからなかったが、そんな彼でも知っている著名人もやってきた。

興奮《こうふん》を抑えきれない口調で同僚に囁《ささや》いた。

「──今来たの、アレックス・ゲイです。業界では有名な遊戯制作者《ゲームクリエイター》ですよ」

同僚も驚きを隠せない口調で言う。

「お連れさまもすごいぞ。そのアレックスと組んで何作もヒット作を飛ばしている制作者《プロデューサー》だ」

「えっ⁉　ほんとですか」

他にも元連邦議会議員、大企業の社長・会長など、そうそうたる顔ぶれである。

その人々を入り口で出迎えているのは黒服に身を包みながらも、長い黒髪《くろかみ》を首の後ろで束《たば》ねた学生のような若い男だった。

事実、本業は連邦大学の学生である。

臨時の受付だが、物腰は丁重で落ち着いたもので、違和感がない。

「ご予約のお名前を承《うけたまわ》ります」

新たにやってきたのは二人連れの正装の男性客で、中背の男のほうが丁寧《ていねい》な口調で名乗った。

「トム・コリンズです。こちらは同伴者のネイト・フィッツジェラルドくん」

「コリンズさま。ようこそお越しくださいました。

――フィッツジェラルドさま、申し訳ありませんが、誓約書《せいやくしょ》のご提出がまだお済みではないようですので、お願いできますか？」

コリンズが驚いて連れを見た。

「まだ提出していなかったのかい？」

「知りません。何のことです？」

フィッツジェラルドは顔も身体も大きな男だった。

やや横柄《おうへい》な印象があり、口調も少々居丈高《いたけだか》である。

黒服の若者がちょっと困ったような顔で言った。


「お知らせが届かなかったようで、失礼しました。当店のお客さまには例外なく、こちらの誓約書に署名していただくことになっております」

そう言うと、大きめの携帯端末に文書を表示させ、フィッツジェラルドに見せたが、彼はその内容を斜め読みしただけで顔をしかめ、連れに抗議した。

「専務。まさかこんなものに署名したんですか？」

「もちろん、したとも」

とはいえ、フィッツジェラルドが不機嫌になるのもわからないではない。

その誓約書を要約すると、

『当店で食事したこと及び当店の住所は公《おおやけ》にはしないこと』

と記されていたからだ。

飲食店に食事に来てこんなものを要求されるのは前代未聞の珍事だが、コリンズは真顔で言った。

「この店は無意味なものを要求したりはしないよ。それが必要なんだろう」

黒服の若者も言う。

「コリンズさまの署名は確かに頂戴《ちょうだい》致しました。フィッツジェラルドさまもお願い致します」

「ばかばかしい。わたしを誰だと思っている？」

「ネイト・フィッツジェラルドさまでは？」

「中央座標《セントラル》通信社のマース支局次長だ。コリンズ専務はシティ本社の役員だぞ。我々のような報道人に向かって公にするなとは、ふざけた要求だ。料理の出来次第では、この店を大々的に宣伝してやってもいいんだぞ」

飲食店にとって願ってもない申し出のはずなのに、青年は真剣な顔で断った。

「とんでもない。そんなことをしてもらっては困ります。だからこその誓約書です」

「何だと？」

「フィッツジェラルドさま。残念ですが、ご署名していただけないのでしたら、当店のお客さまとしてお迎えすることは致しかねます」

「話にならん。支配人を呼べ！」

「ここにいますよ。ぼくが臨時の支配人です。ルーファス・ラヴィーと申します」

「ぼく⁉」

フィッツジェラルドが眼を剝《む》いた。

「ここの支配人は口の利《き》き方《かた》も知らんのか！」

この点に関してはフィッツジェラルドの言い分が全面的に正しいが、青年は平然たるものだった。

「はい。敬語が使えないわけじゃないんですけど、『わたし』という一人称は禁止令が出ているので」

フィッツジェラルドにもコリンズにも何のことかわからなかったが、青年は説明する気はないらしい。

にっこり笑って言ってきた。

「ここは非公式の店ですから。支配人も非公式なんですよ。明日は別の人が支配人を務める予定です」

「呆《あき》れた話だ。アルバイトに支配人を任せるような店なのか？」

「フィッツジェラルドくん。よしなさい」

コリンズは焦《あせ》って部下を止めようとしているが、マース支局の次長ともなると、本社専務とも対等な口をきくことも許されるらしい。

むしろ、フィッツジェラルドは地味なコリンズを軽く見ているような節もあった。青年が持つ端末に侮蔑《ぶべつ》の眼差しを向けている。

「いくら料理を酷評《こくひょう》されたくないからと言っても、こんな誓約書を持ち出してまで報道に携《たずさ》わる人間の口を塞《ふさ》ごうなどと、恥《は》ずかしくないのか」

コリンズが何とも言えない顔になった。

黒服の青年は呆気《あっけ》にとられた様子だった。

「こくひょう……？」

「そうとも。だから公にするなと言うのだろうが、我々報道関係者には事実を伝える義務があるんだ」

ここぞとばかりにふんぞり返る有名通信社の大手支局次長を、青年はぽかんと見つめていた。

予想外のことを言われて理解が追いつかない様子だったが、すぐに破顔して、嬉《うれ》しそうに手を打った。

「なるほど！　それは考えませんでした。当店の料理長も忌憚《きたん》のないご意見を励《はげ》みにすると思います。酷評でしたら誓約には含まれません。むしろ大歓迎ですが、店舗《てんぽ》の場所だけは内密にお願い致します」

この要請をフィッツジェラルドはあざ笑った。

「駆け引きのつもりか？」

「……フィッツジェラルドくん」

コリンズの口調には怒《いか》りも混ざり始めていたが、フィッツジェラルドは気づかない。

一方、青年はあくまで穏やかに話していた。

「当店の現在の料理長はテオドール・ダナーです。この名前だけは公にしてくださってかまいません。酷評もです。どうぞ大いになさってください。従業員一同、心して参考にさせていただきます。ただし、店の住所だけは控《ひか》えていただきます」

「何度も言わせるな。それでは意味がないんだ」

開店までもう間もないというのに、店の入り口に不穏な空気と緊張感が漂《ただよ》っている。

給仕たちも、このやりとりにはらはらしていた。

そこに、少し急いだ歩調で新たな客がやってきた。七十代の男性で、やはり正装している。

これがとんでもない大物だったのだ。

現連邦主席の実の父親で、自身も二度に亘《わた》って連邦主席を務めたマヌエル・シルベスタン二世である。

コリンズはもとよりフィッツジェラルドも、この超大物の登場に驚き、道を譲る形になった。

マヌエル二世のほうは二人の姿など見えていない。ただ、黒服の青年を見て、大きく息を呑《の》んだ。

「ミスタ・ラヴィー……」

青年はにっこり微笑《ほほえ》んだ。

「ルウでいいですよ。いらっしゃいませ、マヌエル二世。お連れさまはもう席でお待ちです」

「申し訳ありません。その友人から、たった今、誓約書の一件を聞いたところです」

共和宇宙連邦主席まで務めた人物が、孫のような若者に向かって深々と一礼した。ほとんど最敬礼だ。

「迂闊《うかつ》なことに、まったく気づかなかったのです。どうやら端末の保安上《セキュリティ》の関係で、わたしの手元にはその文書が届かなかったようなのです」

「はい。社会的地位の高い方々にはそういうこともあろうかと思って、こちらで用意しています」

例の端末を差し出すと、マヌエル二世は大げさなくらいの安堵《あんど》の息を吐いて、笑顔になった。

「ありがたい！ いや、こちらの不手際《ふてぎわ》とはいえ、ここまできて彼の料理を食べ損なったら、どれだけ悔《く》やんでも足りません」

マヌエル二世は嬉々《きき》として電子署名を済ませようとしたので、ルウは控えめに注意した。

「ちゃんと読んでから署名してくださいね」

「大丈夫《だいじょうぶ》です。友人たちから聞きました。この店で食事したことも、この店の住所も、公の場では口にしないこと。——しかし、ミスタ・ラヴィー」

呼び捨てでいいと言われたのに敬称で呼び、孫のような年齢の若者に対して敬語を崩さない。

元連邦主席がこの相手に並々ならぬ敬意を払い、憚《はばか》っているのは明らかだった。

「今までこのような手続きには覚えがないのですが、この誓約書には何か意味があるのですか？」

「この店は本来、存在しない店ですから」

「と、おっしゃいますと……？」

「この建物は三カ月後にはポワール・シティ・ホテルとして開業します。それと同時にこの店も、違う名前で正式にオープンするんです」

この説明でマヌエル二世はたちまち納得した。

「なるほど。その時には、この店は『テオドール・ダナー』ではなくなるというわけですね？」

「はい。ですけど、住所が同じなら同じ店だろうと、一般のお客さまのほとんどは考えるはずです。そういう一般のお客さまは社会的地位の高い方の発言に左右されがちなところがありますから。住所を目にしたら、自分も同じ料理を食べたいと思って、ここまで足を運ばれるかもしれません。ですが、正式にオープンした後では、今日のお料理と同じお料理を提供することは不可能なんです。一般のお客さまにそんな誤解をさせてしまったのでは、オープン後の店で働く人たちがあまりに気の毒です」

マヌエル二世は真顔で頷《うなず》いた。

「おっしゃるとおりです。誰も彼の仕事を再現などできません」

「はい。本当にそこが問題なんです。親しいお友達同士でお料理の感想を話される分には全然かまわないんですが、店の住所を公にすることだけは控えてもらえませんかと、今もこちらの方にお願いしているところでした」

ここで初めてマヌエル二世は先客の二人を見やり、記憶を探る顔になった。

「確か……コリンズさんでしたか？」

「覚えていてくださって恐縮《きょうしゅく》です。マヌエル二世」

一礼したコリンズはあえてフィッツジェラルドを紹介しなかった。

代わって黒服の青年が言う。

「こちらはマース支局次長のネイト・フィッツジェラルドさまでです。この誓約書はぼくが考えたんですが、どうも文章が上手《うま》くなくて……。酷評されたくないからといって口止めをするとはどういうことかと叱《しか》られてしまいました」

「酷評⁉」

マヌエル二世は仰天《ぎょうてん》した。

「テオドール・ダナーを？」

青年は微笑みながら頷いた。

「はい。先程それを指摘《してき》されて、初めて、失敗したなと思っていたところです。表現の自由を保障した共和宇宙連邦憲章にも反しますから」

マヌエル二世は珍獣でも見るような眼をフィッツジェラルドに向けて、感に堪《た》えない口調で言った。

「すばらしい。実に見上げた挑戦心《ちょうせんしん》だ。きみがどんな記事を書くのか、楽しみだよ」

「ぼくもです。——そういうことですのでフィッツジェラルドさま。ご署名をお願いできますか」

優しい笑顔とともに、元主席が署名したばかりの端末が差し出される。

これを拒否できる気概《きがい》はフィッツジェラルドにはなかった。手が震えないように必死に抑えながら、何とか電子署名を済ませたのである。

「お席にご案内します」

青年の視線を受けて、給仕係が二人、進み出る。

コリンズとフィッツジェラルドを同じ一つの卓《テーブル》に、マヌエル二世は友人たちの待つ他の卓に案内した。

店内は広々として、床は大理石、壁には骨董品《こっとうひん》のような掛燭台《かけしょくだい》が掛かっている。豪奢《ごうしゃ》でこそないが、さりげない高級感を漂わせている。

なんと言っても目を引くのは、入口を入ってほぼ正面の壁だった。厳密《げんみつ》には厨房《ちゅうぼう》との仕切りを兼ねた衝立《ついたて》の役割を果たしている大きな壁である。

そこに誰もが知る有名な絵画が飾られていた。ドール・ドミニク・アンリコ作『暁《あかつき》の天使』。

人類の至宝《しほう》とも謳《うた》われるこの作品は、ヴェリタス市のエレメンタル近代美術館に展示されている。

フィッツジェラルドはまだ先程の衝撃《しょうげき》から立ち直っていなかったが、小声で悪態をついた。

「……複製画を飾るとは。ここは無名の作家の作であっても本物を飾るべきでしょう」

彼の言い分は正しい。

マヌエル二世も席まで案内される途中、ちょっと足を止めてその絵を見つめたが、首を捻《ひね》りながらも通り過ぎて、友人たちの卓に合流した。

客は圧倒的に男性が多かった。

コリンズとフィッツジェラルドも男性の二人連れだし、マヌエル二世の卓も男性客ばかりである。

ちらほらと女性客の姿もあるが、礼服の男性の姿ばかりが目立つのは、高級レストランとしては少々異質である。ほとんどの卓は四人掛けで、コリンズとフィッツジェラルドも二人で一つの卓に着いたが、二人掛けの卓もあった。

そこに老紳士が座っていた。

対面の席には食器の代わりに花が飾られていて、この老紳士が一人客であることを示している。

ドミニク研究の大家《たいか》として知られるゲルハルト・スタイン教授だった。教授は何とも言えない表情で、誇らしげに壁に掛かった『暁の天使』を見つめると、献立表《こんだてひょう》に眼を落とした。

今日の献立は一種類のコースのみ。

コートニーの便《たよ》りと名付けられた山菜と香草の一品に始まり、卵と温菜の前菜、海の恵みのスープ、野原のサラダ、川魚のソテー、熟成赤牛のロースト、卵のタルトレットと自家製ヨーグルトを使ったアイスクリーム、食後の飲物と小菓子と、特に目新しい料理は一つもない。ごくありふれた献立である。

フィッツジェラルドはそれも気に入らないようで、まだ文句を言った。

「献立には斬新《ざんしん》さが必要でしょう。わざわざ時間をつくって食べに来るほどの料理とは思えませんな」

コリンズは部下の態度に既に匙《さじ》を投げていたのか、何も言わなかった。酒類の一覧表《リスト》を興味深げに見て、酒専門の給仕に質問した。

「変わったお酒が多いようだね」

若い人が多い中、この給仕だけは初老の年齢で、落ち着いた物腰だった。

「はい。料理長が今日の料理に合わせて厳選したものばかりです。ご説明致しましょうか？」

フィッツジェラルドがまたしても噛《か》みつく。

「安酒の説明など必要ない。なんだこの一覧表《リスト》は？元連邦主席がいらっしゃるというのに、この店には高級酒の用意が一本もないのか。怠慢《たいまん》じゃないか。リトスはないのか？　アウルムは？」

給仕は丁重に一礼した。

「申し訳ございません。一般的な高級酒はシティの他の料理店でもご用意ができますが、本日の銘柄《めいがら》は他の店舗では揃《そろ》えられないものばかりです」

あいにく、そんな説明ではフィッツジェラルドは納得しない。

瑕疵《かし》を見つけた優越感と、意地の悪い喜びを感じているのか、吐き捨てるような口調で言ったものだ。

「こんな値段ではお里が知れるぞ」

コリンズがたまりかねて割って入る。

「高い酒が必ずしも美味《うま》いとは限らないだろう？」

「こんな安酒を選ぶより遥《はる》かに確実です」

さすがに顔をしかめて、コリンズが部下を叱責《しっせき》しようとした時、給仕が慇懃《いんぎん》に頭を下げた。

「一流を愛されるお客さまがこの構成《ラインナップ》とお値段にもの足りなさをお感じになるのは、ごもっともです。しかしながら……」

老練な給仕は穏やかな物腰ながら、何とも言えない迫力を持って断言した。

「当店の料理長は妥協《だきょう》をする人間ではございません。わたしどもは自信を持って、これらの銘柄をおすすめいたします」

コリンズが笑顔で頷いた。

「そうだね。何がいいかな？」

「専務」

まだ不満そうな大支局の局次長に、本社の専務は冷ややかな口調で言ったのである。

「いい加減にわきまえてくれないか。それともきみはマヌエル二世と連邦議員の皆さんの前で醜態《しゅうたい》を演じる気かね？」

これが利いた。

フィッツジェラルドにとってはまったく価値のない『下品な安酒』に顔をしかめながら、渋々給仕の勧《すす》める酒を選んだものの、彼は運ばれてきた酒杯に口をつけようとはしなかった。

やがて最初の料理を持った給仕たちが現れた。

卓に皿が置かれた時点で、客席から静かな歓声があがった。

食べるのがもったいないようなという言葉がある。

皿の上に盛られていたのは、まさに見る人の目を最大限に楽しませてくれる、芸術品のように美しい料理だった。

「コートニーの便りとあるが……」

「どこの地方かな。聞いたことがない」

そんな感想を言い合いながら、お客たちは笑顔で料理を切り分けて口に運び、ほとんど同時に店内のあちこちから驚きの声が相次いだ。

フィッツジェラルドでさえ沈黙した。

もちろん彼は最初は不満たらたらで、いやそうに料理に手をつけたのだ。

「珊瑚海老《さんごえび》も扇貝《おうぎがい》も銀松露《ぎんしょうろ》も使っていない。酒と同様、安っぽい料理ですな」

盛大に文句を言ってやろうと待ち構えていたが、その安っぽい料理を一口食べたとたん、つきることのなかった彼の不満と愚痴《ぐち》が途切れた。

眼を丸くして、信じられないように皿を見つめ、後はただ黙々と手を動かし始めた。

コリンズも、他の客席も同様である。

途中で、ほっと一息ついたフィッツジェラルドは無意識に『下品な安酒』に手を伸ばして呷《あお》ったが、ここでまた眼を見張る羽目になった。

同様に酒杯を傾《かたむ》けたコリンズの顔にはいっぱいに笑みが広がっている。

「さすがはテオドール・ダナーだ」

他の卓の客たちも皆、満面に笑みを浮かべている。

「これはうまい！」

「見事な調和《ハーモニー》ですなあ……」

「まったくです。決してこの料理に負けていない。さりとて張り合うわけでもない」

「はい。下手《へた》に個性の強い高級酒を合わせたのでは、この鮮烈《せんれつ》な味わいと喧嘩《けんか》してしまいますからね」

酒が料理を引き立て、料理が酒を引き立てている。肝心《かんじん》なのはその調和によって両者を際立たせることであり、銘柄や価格ではない。

その確固たる信念が、フィッツジェラルド言うところの下品な安酒に表現されている。

卵と温野菜の皿で、またしても感嘆《かんたん》の声が洩《も》れた。

単に美味《おい》しいというだけではない。彼の料理にはいつも新鮮な感動がある。

スープ、サラダと続く間、客席には潮風と野原の風が吹き抜けていくようで、皆、うっとりと料理を味わい、無心に手を動かした。

そんな客席の頭上に『暁の天使』が輝いている。

実際には、天使は右上を向いているので、客席を見下ろす構図にはなっていないのだが、下の人々の衝撃と動揺《どうよう》を優しく見守っているようだった。

魚のソテーがすべての卓に行き渡る頃には、店内はしんと静まりかえっていた。

誰も舌鼓《したつづみ》を打つどころではない。

食器を使うかすかな音だけが響いている。

給仕たちも慎重《しんちょう》に足を運んだ。

通常、飲食店では――それも美味しい飲食店なら、お客たちのおしゃべりが絶えることはないはずだ。

それなのに、今この空間は、厳粛《げんしゅく》とさえ言える空気に満ちているのだ。主菜《メイン》の熟成赤牛のローストを運ぶ頃には、給仕たちは得体の知れない緊張感に冷や汗さえ滲《にじ》ませていた。

中央座標《セントラル》の南大陸で飼育されているクラム赤牛は高級牛肉の代表ともいうべき銘柄《ブランド》で、シティの一流料理店はほとんどこの肉を扱っている。

つまりはこの店にやってくるような人々にとって、食べ慣れた食材のはずだった。

それなのに、今度こそ、客席の間から、吐息とも喘《あえ》ぎ声《ごえ》ともつかない驚嘆の声が洩れたのである。

長年『テオドール・ダナー』を贔屓《ひいき》にして、その手腕を評価しているマヌエル二世は思わず眼を閉じ、吐息とともにあらためて料理を見つめ、感に堪えない様子で呟《つぶや》いた。

「……すばらしい」

同席の友人たちも眼を見張っている。

「何度も食べているはずなのに……こんな赤牛は初めてですよ」

「彼が料理すると、ここまでになりますか……」

他の卓でも同様の感想を述べる人が多かった。

究極の一品に、皆、惜しみない賞賛を述べたが、まだ終わらなかった。

デザートの卵のタルトレットである。

前菜にも卵が使われているのに、またしても卵だ。

自家製のヨーグルトアイスに小さな香草とベリー類を添えてある。赤いソースと粉砂糖《こなざとう》を掛け回して、美しく仕上がっている一皿だが、どちらかというと庶民的《しょみんてき》な菓子である。

食事前のフィッツジェラルドであれば、ここぞとばかりに文句を言っただろうが、彼はその庶民的な菓子を一口すくって、今度こそ呻《うめ》き声《ごえ》をあげた。

他の卓からも抑えきれない歓声があがる。

「なんと！」

「いやはや……恐れ入りました……」

「中央座標《セントラル》でもテオドール・ダナーはテオドール・ダナーですなあ……」

「まったく……」

美味しい菓子にどの客の顔も笑み崩れている。

この時、あの黒服の青年が『暁の天使』の後ろの厨房から出てきて、客席に向かって声を発した。

「お食事は楽しんでいただけましたでしょうか？当店の料理長がご挨拶《あいさつ》致します」

店内の視線がいっせいに青年の後ろに集中する。

調理服を着た五十年配の男が、奥からのっそりと姿を見せた。頭頂部近くまではげ上がった髪は乱れ、褐色《かっしょく》の顔には深い皺《しわ》が刻まれ、目つきは睨《にら》むようで、髭《ひげ》もじゃの口元はむっつりと引き結ばれている。

どんなに好意的に評価しても『気むずかしそう』と表現するのが精一杯の人物だった。

端的に言うなら人相が悪い。

加えて、お世辞にも愛想がいいとは言えない。

本来、高級料理店の料理長ともなると、促《うなが》される前に自ら客席を回って客たちに挨拶するものだが、そうした才も技《わざ》もないのは一目でわかる。

彼は客席をぐるりと見渡すと、何も言わずに軽く頭を下げただけで厨房に戻って行ってしまった。

代わって青年が微笑しながら言う。

「料理長の口不調法《くちぶちょうほう》をお許しください。ですが、皆さまのお顔を見て、料理長はとても喜んでいると思います。本日はご来店、ありがとうございました」

食後の飲み物も、そこに添えられた小さな菓子も絶品だった。客たちは皆、テオドール・ダナーの見事な仕事にうっとりと酔《よ》いしれ、ある者は興奮さめやらず、またある者は陶然《とうぜん》として席を立った。

同じコース料理でも、提供する時間を少しずつずらしているので、一度に大勢の客が出口へ集中することはない。一組、また一組と卓を離れていったが、ほとんどの客が帰り際に足を止めた。

天使が微笑む厨房と客席を仕切る大きな壁の他に、この店には、入り口を入ってすぐの位置に、店内が見えないように設置された衝立代わりの壁がある。

入って来た時は、入り口のほうを向いた壁面しか見えないから気づかなかったが、その裏側に、絵が三枚、横に並べて掛けられている。

「ほう……」

「モリエンテスの『野兎《のうさぎ》』ですな」

『暁の天使』と違って、横幅は三十センチ程度の絵なので、三枚並べて掛けられる。

真ん中の絵には地面と草むらが描かれていた。

地面に覆《おお》い被《かぶ》さるようにして幾重にも生えている幅の広い草の葉、それを押しのけるようにして空を目指してまっすぐ伸びた細い茎《くき》や葉の数々、植物の成長の勢いにこぼれた土のかけらなど、大地と緑の匂いが濃厚に漂ってきそうだ。

その右側の絵には地面に伏せている兎、左側の絵には草むらの中に後ろ足で立ち上がっている兎が、それぞれ一羽《いちわ》ずつ描かれている。ふさふさした茶色の毛並みも、黒い目の輝きも、抜群の瞬発力を誇る筋肉の表現も生きているようで、今にも絵から飛び出してきそうな臨場感がある。

田舎《いなか》では珍しくない、どこにでもある光景だった。


その小さな自然を実写以上の描写力で見事に描ききった、五百年前の天才ロボ・モリエンテスの名作である。

来店した時には、太陽と月と壮大な宇宙を従えた天使が客を迎え、去る時には、土と草むらと温かな命が見送ってくれる。

この趣向《しゅこう》に、客はあらためて感じ入り、夢心地で店を出た。出たところから右に進むと、通路の角を左に曲がった先に地上に降りる昇降機があるのだが、出口の左手にも短い通路が伸び、少し先の正面には屋上庭園へ出られる扉がある。

料理の余韻《よいん》に浸《ひた》った客たちのほとんどが無意識に、そちらに足を向けた。まだ天上世界を漂っていたい——地上に降りる気分ではない——というのが正直なところだったのだ。

すると、店に入った時には気づかなかったものが見えてくる。

屋上庭園へ続く短い通路の壁——左手側に間隔《かんかく》を

開けた二つの壁龕《ニッチ》が設けられ、そこに美しい宝石でつくられた蝶《ちょう》が飾られていた。

十センチくらいの大きさの骨董宝飾品《アンティークジュエリー》である。

壁龕の中はほのかな照明で照らされていて、壁の中の蝶がくっきりと見える。

一つは横を向いた小さな妖精《ニンフ》の意匠《デザイン》で、背中から大きく伸びた七宝《エナメル》の翅《はね》が艶《つや》やかに光っている。

もう一つは普通に翅を広げた蝶の意匠だった。

こちらの翅は色鮮《いろあざ》やかな細かい宝石でびっしりと、隙間《すきま》なく埋《う》め尽《つ》くされている。濃い赤やピンクから緑、紫、黄色へと、めまぐるしくも鮮やかに、継《つ》ぎ目《め》がわからないほどの色彩の変化が美しい。

壁の奥に光り輝く妖精と蝶が飛んでいるようで、思わず足を止めて見入ってしまう。

そして右手を見ると、左手の二つの壁龕の中間に位置するところにもう少し大きな壁龕がつくられて、古風な角灯《ランタン》が淡い光を放って明るく輝いている。

その光に見送られながら屋上へ出ると、夜の闇《やみ》の清々《すがすが》しい空気に加え、甘《あま》い花の香りと新緑の匂いが客たちを出迎えてくれた。足下には低い照明に照らされて、煉瓦《れんが》と小石に飾られた、ゆるやかに曲がる通路が伸びている。

通路の左右には足下に咲く小さな花から少し背の高い草花も植えられ、奥に低木、さらには人の背の高さ以上の木々が続き、単なる花壇《かだん》ではなく自然の風景を取り込んだ立派な庭園になっている。

通路が曲がりくねっているので、少し先を歩いている人の姿が見えないほどだ。

この建物はシティのオフィス街に建っている。すぐ近くに共和宇宙連邦の中心部が広がっているはずだが、視線を転じても建物は見えない。

何もない空間だけが広がっているように見える。特殊な遮蔽楯《シールド》で周囲の景色を消し、向こうからもこちら側が見えないようにしてあるのだ。

しかし、星の輝く夜空は本物だ。

振り返れば、たった今、食事をしたレストランの外観が見える。城のようなと表現するには小さいが、古風なつくりの白亜の館が夜空にそびえている。

　都会を感じさせない庭の風情《ふぜい》、自然の植物の香り、趣《おもむき》のある館の佇《たたず》まい、その場に立つ開放感、そこに誘《いざな》う煌《きら》びやかな蝶と妖精に至るまで、味覚ではない食後の一服をさりげなく振る舞われたようで、皆、満足しきって通路に戻った。

　まだ店の入り口でお客さまを見送るために立っていた若い支配人に、あらためて挨拶して通り過ぎる。

「ご馳走《ちそう》さまでした」

「いつもながら素晴《すば》らしい料理だったと、料理長に伝えてください」

「次の機会が楽しみですよ」

　ほとんどの客が笑顔で声をかける中、フィッツジェラルドだけは気まずそうに、そそくさと立ち去り、コリンズは足を止めて、黒髪の青年にきちんと頭を下げた。

「部下の非礼をお詫《わ》びします」

　青年も一礼した。

「とんでもない。あの人の言うことは正論ですから。こちらこそ失礼しました。——記事が楽しみです」

　コリンズは苦い顔で首を振った。

「無理でしょうな。彼はずっと法務に携わってきた人間で、記事などろくに書いたことがありません」

　青年は少し怪訝《けげん》な顔になった。

　それというのも中央座標《セントラル》通信社は連邦を代表する巨大報道機関である。報道機関の主要な業務は言うまでもなく良質な記事を提供することのはずだから、率直に尋《たず》ねていた。

「マース支局は相当大きな支局だと思いますけど、記事を書いたことのない人が、そんな大きな支局の次長になれるものなんですか？」

「一応、編集部に在籍した経歴はあります。しかし、成果は残せていない。受賞歴もなければ、社内で表彰もされていない。適性がなかったということです。彼がどんな記事を書くにせよ、その時は自分が必ず校閲《こうえつ》します」

「専務のあなたが直々《じきじき》にですか？」

「はい。仮にも報道に関わる人間として嘘《フェイクニュース》の報道を見逃すことはできません。——もちろん」

コリンズは急いで言い足した。

「味覚は人それぞれですから。わたし個人がいくらすばらしいと評価したところで、誰しも同じように感じるわけではないのはわかっています。それでも今日の料理を酷評など、できるはずがありません」

黒髪の青年は微笑した。

「お気に召したようで何よりです。コリンズさま。またのお越しをお待ちしています」

コリンズも笑顔になった。

「来月も運良く予約が取れたので、その時はマース支局長を連れてきますよ。本当は今日も彼を連れてくるはずだったんです。マースのほうでどうしても外せない用事ができてしまって……」

大手通信社の専務は困ったように肩をすくめた。

「他の友人を誘《さそ》うことも考えたんですが、フィッツジェラルドが強引に代理を買って出まして、やむを得ず連れてきたような次第です。——どうも何か、心得違いをしているようでしてね」

青年は優しい笑顔で、ずばりと言ってのけた。

「上司の代理だと思って少々はりきりすぎたのかもしれませんね」

コリンズは思わず失笑した。

もう一度会釈《えしゃく》して、軽い足取りで通路を去って行った。

マヌエル二世は庭を長く散策しており、もっとも遅く青年に声をかけた一人だった。

友人たちは先に帰ったので、通路には人気《ひとけ》がなく二人きりだ。

かつての共和宇宙連邦主席は、臨時店舗でも冴《さ》え渡《わた》っていたテオドールの仕事に、惜しみない賞賛を贈《おく》ったのである。

「初めて彼の料理を食べた時、こんなに美味しいものは食べたことがないと思いました。驚いたことにそれから何度訪れても、以前と同じ料理を食べても、また同じことを思うのです」

　青年は笑顔で尋ねた。

「今日のお料理も？」

「はい。今まで食べた中で一番美味しかった」

　七十代の二世が子どものように顔を輝かせている。

「この感動を中央座標《セントラル》で味わえるとは感無量ですよ。料理ばかりではありません。三枚になったモリエンテスの真作を眺《なが》められるとは思いませんでした」

「前に二世がご覧になった時は兎が一羽だけでしたからね」

「ええ。あの蝶と妖精の宝飾品《ブローチ》も、恐らく名のある品でしょう。どこの美術館かと感心させられるのも連邦大学の店と同じです。ただ……」

　他に人はいないのに、二世はなぜか声を低めて、そっと問いかけた。

「——あれはさすがに複製ですよね？」

　半信半疑の目的語も怪《あや》しい問いだが、何を指した質問かはわかっている。青年は笑顔で頷いた。

「そうですね。あの絵はエレメンタル美術館に展示されています」

『あの絵（の本物）は』という、かっこ内を省略した言葉だとマヌエル二世は受け取った。当然だ。

　予想通りの答えに安堵したが、青年は美しく微笑しながら続けたのである。

「——昼間は」

　マヌエル二世はちょっと怪訝な顔になった。

　思いがけない言葉の意味を掴《つか》みかねたからだが、問い返すことはしなかった。まさかいくらなんでもそんなはずはないと打ち消して、笑顔で言った。

「今度は父を連れてきます。ぜひ一度、彼の料理を父にも味わってもらいたいと思っていたんですが、何分年寄りですので、なかなか連邦大学まで連れて行く機会がなかったんですよ」

　マヌエル二世の父、マヌエル一世は今年百二歳。

若い頃は息子や孫と同じく連邦主席を務め、歴代主席の中でも名主席の誉《ほま》れ高い人だ。その年齢とは思えないほど矍鑠《かくしゃく》たる人物でもあるが、恒星間旅行という負担を掛けてまで食事に連れて行くのは——と息子がためらうのは無理もない。

しかし、テオドール・ダナーは今シティにいる。

この機を逃す手はない。

並々ならぬ気合いを見せているマヌエル二世に、ルウはにっこり笑って応《こた》えた。

「お待ちしています」

この時、スタイン教授はまだ店内に残っていた。

他に客の姿はもう一人もないが、教授は椅子から動かず、『暁の天使』を見上げていた。

給仕たちも退席を急《せ》かすようなことはしない。

後片付けも極力物音をたてないよう、ひっそりと、影のように動いている。

スタイン教授は七十数年の人生のほとんどを捧げてきた絵を感無量の面持ちで見つめていた。

こんな位置に座りながら、しかも極上の食事を味わいながらこの絵を鑑賞《かんしょう》できる日が来ようとは、この絵に出会って数十年、予想だにしなかった。

青年がこれまた影のように足音もたてずに近づき、優しい声で話しかけた。

「お料理はいかがでした？」

教授は困ったようにため息をついた。

「美術品に関する評ならいくらでも言える。それがわたしの職でもあるが、料理を表現するというのは……難しいな」

そもそも教授は食べることに関して、それほど熱心なほうではなかった。

食事とは肉体の維持《いじ》に必要なものの程度の認識しかなく、義務に等しいものですらあった。

教授も地位のある人だから高級料理店での会食は何度も経験している。知人の中には美食家もいて、料理の盛り付けを見て感心し、味わってはこれこそ芸術だと大仰に感動して褒《ほ》める者もいたが、教授に

はさっぱりわからない概念だった。

食べ物と美術品を同じ次元で語るなど、教授には論外だったし、美術品を鑑賞する時の視覚で味わう至上の幸福を味覚で感じることなどあり得ないと軽んじてもいた。

美食家という人種には軽侮の念さえ抱いていたが、テオドール・ダナーの料理はそんなスタイン教授の信条をも大きく揺《ゆ》るがし、打《う》ち砕《くだ》いてしまった。

最初の皿を出された時点で、思わず眼を見張った。

初めて知人の言葉が腑《ふ》に落ちた。

「皿に載った食べ物を美しいと思ったのは初めてだ。あれは口に入れて咀嚼《そしゃく》するもので、眺めるものではないはずなのにな……眼を奪われた」

盛り付けが大事だというのは高級料理の常識だが、青年はそうは言わなかった。

「テオドールさんはそういう人です。あの人にとってはお皿がキャンバス、食材が絵の具なんですよ」

教授は苦笑して相手を見た。

「知人がまさに同じことを言った。だが、その時のわたしは『何を馬鹿《ばか》なことを』と一笑に付した。たかが食い物《くいもの》ではないかと、誰が調理したところで同じだろうと」

「それだと全世界の料理人の皆さんの立場がないですけど」

この軽口は無視して、教授は深々と嘆息した。

「そもそもこの自分が『暁の天使』を前にしながら料理に気をとられること自体が信じられん……」

正直な感想に、青年は楽しげに笑った。

「テオドールさんのお料理にはそれだけの力があります。この絵を飾りたがったのは亡くなった奥さんなんですが、奥さんはご主人の力量をよく知っていたんですね。夫ならこの絵に引けを取らない料理がつくれると確信していたんですよ」

教授は少し皮肉に笑った。

「ここへ来る前なら、この絵と料理を同列に並べるなど、思い上がりも甚《はなは》だしいと言っただろうがな」

「この席は教授の特等席ですから、いつでも空《あ》けておきますよ。今日はもう閉店です」

「それはわかっているが……もうじきこの絵を搬《はん》出《しゅつ》するのだろう。それを見届けたい」

「ですけど、いつ来るかわからないんです」

その時、庭へ続く硝子戸《ガラスど》の向こうに人影が現れた。

この店には、蝶の通路の先にある庭園とは別に、店内からしか出られないテラス席と、芝生《しばふ》が植えられた中庭がある。

ここは屋上なので、中庭の先は当然、建物の縁《ふち》だ。

そんなところから人が現れるわけがないが、この縁には大きな荷物を上げ下ろしする巻上げ機がある。

もちろん、人間も運べる。

現れたのは運送会社の制服を着た背の高い男で、透明な扉越しに会釈して、入ってもいいかと無言で尋ねてきた。

ルウは微笑して頷き、入るように促した。

先頭の男を含めて、体格のいい男たちが四人、大きな平《ひら》たい梱包容器《こんぽうようき》と脚立《きゃたつ》を担いで、しかしながら実に静かに、清掃の終わった店内に入ってくる。

最初の男が話しかけてきた。

「今日の作業を担当する責任者のアレンビーです。――ラヴィーさんですか？」

「はい。よろしくお願いします」

挨拶して、ルウはスタイン教授を紹介した。

「教授は『暁の天使』の専門家です。これから先、美術館で顔を合わせることもあるかもしれません。その時は教授の指示に従うように、他の人たちにも伝えておいてください」

「承知しました」

アレンビーは三十代半ばに見えた。面長の、なかなかの男前で、尖《とが》った耳の形が特徴的《とくちょうてき》だった。

厨房との仕切りになっている壁の前、左右の端《はし》に男たちは脚立を立て掛けた。

四人がかりで、慎重な手つきで『暁の天使』を壁から下ろし、絵のカバーとも言うべき保護パネルから絵を取り出して、用意の梱包容器に納める。

スタイン教授はその様子を注意深く見守っていた。

熟練の美術品専門の運送業者そのものの手つきと、無駄《むだ》のない動きに密かに安堵する。

この梱包容器は、かなりの衝撃にも耐えることができる優れものだ。

この中にあれば絵はひとまず安全である。

あっという間に作業を終えた男たちは空《から》になった保護パネルを仕切りの壁の後ろに片付けて、貴重な梱包容器を担いで中庭へ出て行った。アレンビーともう一人が脚立を回収しに戻って来る。

その際、アレンビーがルウに尋ねた。

「仲間たちから聞きましたが、連邦大学のご婦人に食費を払っているのはあなたですか？」

「言い出したのはアガサさんのほうですよ」

笑って答えたルウだった。

「あの若い人たちに何かしてあげられないかしらって。宇宙船で中央座標《セントラル》まで行くなら、食べるものを持たせても大丈夫かしらって言うから、ぼくがお弁当代を出しますと言ったんです。アガサさんもお料理は得意のはずですから、そんなに不味《まず》いものは出てこないと思いますけど」

アレンビーは口元だけでちょっと笑った。

「不味いどころか、仲間たちはすっかりあのご婦人に胃袋を摑まれたようです」

「あなたはまだ食べていませんか？」

「はい。自分たちは輪番《ローテーション》を組んで動いています。自分も近々、連邦大学へ行く予定です」

ルウは率直に尋ねた。

「そこがちょっと不思議なんですけど、連邦大学へ行く班《グループ》と、絵の運送だけっていう班《グループ》に分けたほうが効率がよくないですか？」

「効率を考えればそのとおりです。しかし、この絵の扱いに関しては、全員が習熟している必要があると判断しました」

「十六人全員がですか？」

「そうです」

アレンビーは表情を変えずに答えたが、この青年が自分たちの人数を把握《はあく》していることに内心驚いた。

「絵を積んだ車に自分たち四人、前後を三人ずつが乗り込んだ車で護衛します。二人は美術館に待機し、我々と合流して絵を展示室に戻します」

残り四人が連邦大学へ卵を受け取りに行く係だ。

アレンビーはそのことも疑問に思っていたようで、ルウに質問してきた。

「仲間の話では、あのご婦人の家にはいつも二人で出向いているのに、班全員分の腹を満たす量のある弁当だったということですが、あなたが人数を？」

「はい。だいたい四人一組でそちらに向かっているようですと伝えました。その一組が頻繁《ひんぱん》に交代することまでは知りませんでしたけど。輪番はだいたい何日くらいで変えるんですか？」

「今は二日程度でしょうか」

「そんなに回転が早いと、逆に忙《せわ》しいのでは？」

ルウの疑問はもっともだが、アレンビーは真顔で答えた。

「我々の仕事において『慣れ』はもっとも危険です。特にこの絵の運搬のような仕事では」

この『慣れ』が先程の『習熟』とはまったく異なる意味であるのは言うまでもない。

ルウは笑顔になって頷いた。

「確かに。明日もよろしくお願いします」

アレンビーは制帽の庇《ひさし》に手をやって挨拶すると、もう一人の男と一緒に中庭へ出て行った。

巨大な巻上げ機は壁の中にうまく隠されていて、使わない時はここにそんなものがあるとは誰も気がつかない。梱包容器は静かに地上に降ろされ、下で車に積み直されることになる。

スタイン教授は梱包容器から片時も眼を離したくないのか、嗜《たしな》みで持っている杖を地面には突かずに、小脇に抱える勢いで店を出て行こうとしたので、ルウはやんわりと注意した。

「教授。あの人たちの邪魔はしないでくださいね。車に乗せろというのも駄目ですよ」

「そんな無茶は言わん。無人タクシーを拾う」

まるで恋人でも追うように、教授はせかせかした足取りで通路の先の昇降機へ歩いて行った。

3

教授の背中を見送ったルウは厨房《ちゅうぼう》に向かった。

ほとんどの皿や食器はきれいに洗われて片付けられていたが、なぜか一人分の前菜が新たにつくられ、作業台の上に並べられている。

給仕たちは既に制服を着替えに控《ひか》え室《しつ》に下がっていたが、料理人はまだ全員残っていた。

皆、固唾《かたず》を呑《の》んで、同じ方向を見つめている。

その視線の先には、調理器の前から動かないテオドールの姿がある。

お客は皆帰っているし、まかないも開店前に済ませているのに、まだ料理をつくっているのだ。

ルウは若い料理人の一人に尋《たず》ねた。

「パラデューさんが戻ってくるの？」


シメオン・パラデューはテオドールの亡妻の父で、テオドールの料理の熱烈《ねつれつ》な贔屓《ファン》でもある。

今日も開店初日の料理を食べる気満々だったが、パラデューは共和宇宙全域で十本の指に数えられる多忙な投資家であり、実業家でもある。

大勢の部下を抱える身だが、その部下の一人から、開店直前になって緊急《きんきゅう》の連絡が入ったのだ。

任せていた案件の一つにちょっとした問題が発生し、どうしてもパラデュー自身に来てもらわなくてはならない事態だというのである。

これだけ連絡手段が発達した世の中で意外なようだが、他星系にいる人とも自在に話せる時代だからこそ、いざという時には対面が——実際に『その人』が『その場』にいるという事実が何より重視されるのだ。

莫大《ばくだい》な金額の掛かった契約ともなればなおさらだ。

出馬を要請する部下の言葉にパラデューは猛然《もうぜん》と抵抗したが、義理の息子の料理を食べ損なうからという理由で、何十億もの取引をふいにはできない。

結局、この世のすべてを呪う怨嗟《えんさ》の言葉を吐きながら店を出て行ったのだ。

そうなれば当然、一人分の食材が余る。

テオドールは今それを調理しているわけだから、パラデューが早くも（ほとんど強引に）用件を片付けて戻ってくるのかとルウが考えたのも当然だが、相手は首を振った。

「先生が来るんだよ」

ぼそっとした口調で答えたのは陰気な感じのする若者で、バート・ニルソン。魚料理と素材を活かした薄味を得意とする料理人だ。伏し目がちで、猫背気味《ぎみ》で、一見すると覇気《はき》がないようにも見えるが、料理に対する情熱は並々ならぬものがある。

彼の先生と言えば、シティでは知らぬもののない名店『ミヨン』のオーナーシェフ、チャールズ・シンクレアだ。

バートは長年、チャールズの元で修業しており、先日、この店の料理長候補に抜擢《ばってき》されたのである。

「うちの師匠《ししょう》もだ」

答えたのはもう一人の料理長候補で、浅黒い肌にくっきりと大きな黒い目をしている。料理人というより役者かモデルといったほうがふさわしい男前の若者はジャイルズ・マッケイ。肉料理と香辛料《スパイス》を利かせた料理を得意としている。

ジャイルズの師匠はザック・ラドフォード。『ミヨン』同様、高級料理の激戦区《げきせんく》のシティで五本の指に入る名店、『ザック・ラドフォード』のオーナーシェフである。

テオドールを別として、この場にはジャイルズとバートの他にパン担当、菓子担当を含めて調理服を着た人が八人いた。

一人はテオドールの息子のヨハンである。

ルームサービス担当だが、今日は開店初日ということで手伝いに入っていたのだ。

菓子担当はダグ・ベンソン。つるつるの坊主頭に四角い顔、よく輝く眼をしている。

　パン担当はエセル・ヒューズ。こちらは物静かな雰囲気の、大人しそうな若者だった。

　他の五人はトム、ルパート、アドルフ、ロッド、ジョン。彼らはまだ若手で、ジャイルズとバートを補佐する立場の料理人である。

　ジョンがちょっぴり不満そうに言う。

「料理長は一人分余ったからおまえたちで食えって言ったんだ。そうしたらジャイルズが……」

　そのジャイルズは弁解する口調でジョンの言葉を遮《さえぎ》った。

「俺たちの分を譲る気はないけど、こっちの身にもなってくれよ！　この状況で師匠をはぶいたら後が怖《こわ》いんだよ！」

　料理長候補とは言え、ジャイルズとジョンは今は同輩《どうはい》の間柄《あいだがら》だ。

　上司でもないのに一存で勝手なことをして——とジョンも他の面々も不満を感じたのかもしれないが、バートも真顔で頷《うなず》いた。

「この状況でラドフォードさんを呼ばないわけにはいかないいし、ラドフォードさんを呼んだのに先生をのけ者にするなんてできるわけがない。後でそれがわかったら、ぼくたちの今後にも関わってくる」

　この意見にはその場にいた全員が賛成だった。

　チャールズもザックも料理の世界では知らぬものとてない有名人である。しかも、弟子たちも先日初めて知ったのだが、シティ料理界の第一人者である大物料理長二人はテオドールを師と慕《した》っており、その傾倒《けいとう》ぶりはかなりのものだ。

　ルウは笑って言った。

「それじゃあ、みんなで一口ずつ分ければいいかな。ぼくも混ぜてね」

　パン担当のエセルがちょっと笑って言った。

「パラデューさんには恨《うら》まれそうだけどね」

　厨房の奥には大型の昇降機がある。従業員用でもあり、食材を運ぶためのものでもあるが、その扉が開き、チャールズとザックが揃《そろ》って姿を見せた。

二人とも調理中のテオドールには声をかけずに、軽く会釈《えしゃく》しただけで通り過ぎた。

さすがによくわかっている。

テオドールはかなりの変人で、特に料理中に声をかけられるのを極端に嫌う。

彼を師と仰《あお》ぐ二人がそれを知らないわけがない。

「すみません。遅くなりました」

弟子を含めた若手の料理人たちに丁寧《ていねい》に挨拶《あいさつ》した人がチャールズ・シンクレア。小柄な洒落者《しゃれもの》で、物腰も穏やかである。

対照的にザックは大柄で豪放磊落《ごうほうらいらく》な印象の人だ。

「待っててくれたのか。忙しいのにすまねえな」

シティで働く若手の料理人にとってチャールズもザックも雲の上の人だから、皆、恐縮《きょうしゅく》しきっている。

「これが先生の前菜ですか？」

チャールズはさっそく作業台の上の『コートニーの便《たよ》り』と名付けられた前菜の一皿をじっくり眺《なが》め、ザックも見た目だけである程度、どんな料理なのか判断しようとしている。

「初めて見るな。どこの山菜だ？」

ジャイルズが説明した。

「連邦大学から直輸入してるんです」

「へえ？」

ザックは意外そうな顔になった。

「テオ先生が地元以外の食材を使うとなると、相当美味《うめ》えんだな」

チャールズも頷いている。

「シティにいながら連邦大学の山菜を味わえるのは贅沢《ぜいたく》ですね」

ルウが言った。

「それじゃあ、さっそくいただきましょう」

これだけの人数で分けると、味わえたのはほんの一口だったが、それで充分だった。

ルウは満面に笑みを浮かべて言ったのである。

「うわあ、美味《おい》しい！　お金払って一皿食べたい」

若手の料理人たちは思わず眼を見張り、大物料理長二人はなるほどと頷いている。

「羊歯《しだ》の一種の新芽だと思うが……食ったことねえ味だ」

「こちらは何か……木の若芽のようです。恐らく今の時期しか食べられないものなのでしょうね」

「恒星間輸入してまで持ってくるわけだ」

「ええ」

続いて卵と温菜の一皿をみんなで慎重《しんちょう》に味わった。

実は卵と温菜にはほとんど味付けがされておらず、ソースで味わう料理だが、そのソースがまた驚愕《きょうがく》の代物《しろもの》で、若い料理人たちは愕然とした。

魚介の旨《うま》みが濃厚に凝縮《ぎょうしゅく》されているが、魚臭《さかなくさ》さはまったくなく、くどさも感じない。

そもそも卵も温菜もそれ自体の味を楽しむものだ。

そこにこんな濃いソースを掛けたのでは、普通は素材の味など吹っ飛んでしまう。新鮮な卵の風味も温菜の旨みも台無しにしてしまいかねないのに、濃いソースの中に卵も温菜もしっかり立っている。

料理の定石《セオリー》を無視した一皿に、ジャイルズは呆然《ぼうぜん》としながら呟《つぶや》いた。

「どうなってるんだ……？」

バートは皿に残ったソースを指ですくって舐《な》め、泣きそうに顔を歪《ゆが》めている。仮にも料理人として情けない限りではあるが、ジャイルズ同様、どう手を加えればこの味が出せるのかわからないのだ。

その恩師のチャールズは諦《あきら》めの境地のような微笑を浮かべている。

「先生にしかできない技《わざ》ですね。これは、ほとんど粗《あら》ではありませんか？」

「そうです」

バートが答えた。

「次のスープをつくるのに使った魚の骨や縁側《えんがわ》で、何かしてましたけど……」

ジャイルズがちょっと文句を言った。

「何かって、そこが肝心《かんじん》なんだろう。ちゃんと見てなかったのか。――それとも隠してるのか？」

テオドールの調理の秘訣《ひけつ》を摑《つか》んだのに、自分には教えたくないのかとジャイルズは疑っているらしい。

バートはかたくなに首を振った。

「きみに責められる覚えはないよ。見てたけど……料理長は何も特別なことはしていない」

テオドールの息子のヨハンがあっさり言った。

「親父は材料も調理法も隠しませんし、どうやってつくったのか、手が空《あ》いている時なら、訊《き》けば普通に教えてくれますよ。ただ……」

ルウが苦笑しながら言った。

「ぼくたちが同じ材料を使って同じようにつくっても、この味にはならないんだよねえ」

ザックが頷いた。

「ならねえんだよな。テオ先生の手には魔法でも掛かってるんじゃないかって、俺らもよく思ったもんだ」

寸胴《ずんどう》に少し残っていたスープは透き通っていて、具は何も入っていない。

しかし、味わってみると、姿は見えないのに何種類もの魚の旨みと貝の出汁《だし》が口内に豊かに広がる。

さらに野原のサラダで全員が唸《うな》っているところに、テオドールが川魚のソテーを持ってやってきた。

眼の前に無造作《むぞうさ》に置かれた料理の盛り付けを見て、チャールズは感嘆《かんたん》の口調で言ったものだ。

「いつ見ても、お見事です。先生のお皿はこのまま飾っておきたくなりますね」

すると、テオドールがぼそっと言った。

「飯《めし》は食うもんだ。飾っとくもんじゃねえ」

ルウが苦笑しながら言った。

「最初くらいは眺めさせてくれてもいいでしょう。すぐに切り分けるんだし、料理は盛り付け半分って言うじゃないですか」

聞いてるのかいないのか、テオドールは次の皿の用意をしに戻っていき、残った面々は白身魚の身とソースをほんのひとかけら味わった。

魚料理には自信のあるバートは今度こそ息を呑み、思わず恩師の顔を見た。

そのチャールズはしみじみと首を振っている。

「魚料理なら『ミヨン』と言われるほど研鑽《けんさん》を積み、シティで実績をあげてきました。それなりに自信もあるつもりでしたが、とてもとても……及ぶところではありません」

ザックも真顔で頷いている。

「今時の若いのが軽々しく『神』だの『尊《とうと》い』だの言うのは正直あんまり好かねえんだが、これが神業《かみわざ》でなきゃあ何だって話だぜ」

若い料理人たちは完全に顔色を失って、ひそひそ囁《ささや》き合《あ》っている。

「魚がいいのはもちろんだけど……白綾鱒《しらあやます》だろう。どんな下処理をすれば、あの魚がこうなる？」

「確かに、白綾鱒の味はするけど、でも……」

「なんて言うか、こう……」

ルウがまとめた。

「もう一段階、上の美味しさですよね。新種の白綾鱒が発見されたって感じかな」

ヨハンも苦笑している。

「同じ材料で親父がつくったのと俺がつくったのを食べ比べるじゃないですか。親父のは絶対、材料が違うんだって、これも何度思ったかわかりません」

テオドールが焼き上がった熟成赤牛のローストを持ってきた。無愛想において、またすぐデザートを用意しに戻っていく。

この主菜はいわゆるローストビーフで、どう盛り付けてもさほど差はないはずなのに、皆ひとしきり、その盛り付けに感心して見入った。

バートとジャイルズが疑わしげに独《ひと》り言《ご》ちる。

「いったい、なんでこんなに違う……」

「俺らが料理人だから特別よく見えてるってことは……ないよな？」

ルウが言った。

「ないと思うよ。お客さんたちもみんな一瞬、手が止まってるから」

チャールズがおもむろに頷いた。

「そこが先生のすごいところです。料理の知識などなくても、先生のつくったお皿だと一目でわかる」

ザックも同意した。

「だよな。先生の皿は何かが違うし、何かがあるんだ。それが何なのかはわからねえけどよ」

すべての料理人が喉《のど》から手が出るほど欲している『何か』であるのは間違いない。

しかし、いつまでも眺めてはいられない。

ルウがナイフを取った。

「もったいないけど、切り分けますね」

全員に行き渡るように等分に肉を切りわける。ルウは本職の給仕ではないが、手つきも分け方も確かなもので、誰からも「あっちのほうが大きい」という文句は出なかった。

絶妙の火加減のローストを一口食べて、肉料理の達人のザックはあっさり言ったのである。

「さすがテオ先生だ。俺が焼いたのよりうめえや」

ジャイルズが何とも言えない顔でザックを見た。

その感想を否定《ひてい》はできない。ジャイルズ自身の舌《した》で判断しても、かつて『ザック・ラドフォード』で味見をさせてもらったローストより美味しいと思う。

だからこそ複雑な心境だった。

ジャイルズにとってはザックこそが、この世界に入った時からの憧《あこが》れであり、絶対の師匠であり、目標でもあったのだ。

そのザックが、自分のつくった料理より上だと認めるということは、ジャイルズにしてみれば敗北を意味する言葉だ。

テオドールの腕前を否定するつもりは毛頭ないが、尊敬する師匠にそんなに簡単に尻尾を巻いてほしくなかったのである。

しかし、ザックは口元に笑みを浮かべていた。

「嬉《うれ》しいじゃねえか」

「えっ？」

　思わず問い返したジャイルズだったが、ザックは負け惜しみでも何でもなく、本当に屈託《くったく》のない笑顔で言ったのだ。

「俺もステーキなら『ザック・ラドフォード』って言われる程度にはこのシティで実績をあげてきたし、それなりに自信もある。この肉も何百回――いいや何千回焼いたかわからねえ。肉の旨みを最大限に活かせるように何度も焼き方を工夫して、最高の状態で提供してきたつもりだ。比べて先生はつい先日、初めてクラム赤牛に触ったばかりだ。それなのに、この完成度に仕上げてくる。――ぶったまげるが、問題はそこじゃねえ」

　それでは何が問題なのかと弟子は無言で問いかけ、師匠は不敵に笑った。

「この肉にはまだ上があることがはっきりしたってことさ。俺の腕がまだそこに届いていないだけで、もっと美味《うま》く焼くことができるとテオ先生が証明してみせたんだ。わかるか？　こんなに嬉しいことはないぜ。挑戦《ちょうせん》のしがいがあるってもんだ」

　チャールズも端正な口元に、静かな闘志に満ちた笑みを浮かべている。

「テオ先生の真似をしようとは最初から思いません。わたしごときが追いつけるとも思っていません。ですが、料理人の端《はし》くれとして、せめてあの背中を見失わないように日々努めなくてはと、自らの戒《いまし》めにしています。何よりあんなとてつもない巨峰が眼の前にありますと……」

　ザックが後を受けて笑った。

「おう。低いお山の大将なんかじゃあ、到底満足はできねえわな」

「そういうことです」

　弟子二人は身の引き締まる思いで、師匠と恩師の言葉を聞いていた。

　ザックもチャールズも、この世界で功成り名を遂《と》げた偉大な料理人だが、決して今の自分でよしとはしていないのだ。

バートは思わず問いかけた。

「先生。それなら料理長はどうなんでしょう。あの人にも見上げる目標があるんですか？」

「あの方の前には誰もいません」

チャールズは微笑しながら断言した。

「それでも、テオ先生は慢心《まんしん》するということがない。あれほど奇跡《きせき》のような皿をつくりあげながら恐らく満足されたこともない」

ザックも頷いた。

「テオ先生を見てるとな、料理人は生涯修業だっていう基本中の基本をいつも思い知らされるのさ」

テオドールがデザートの皿を持ってきた。

むっつりと無愛想だし、身体つきも動作もどこか無骨で、お世辞にも洗練されているとは言いがたい。

しかし、この人の指先は繊細《せんさい》そのもので、つくる料理は鋭い感性と抜群の技倆《ぎりょう》で磨《みが》き抜《ぬ》かれた一流の芸術品だ。

もっとも本人は『ただの飯《めし》だ』と言って憚《はばか》らない。

運んでくる皿がこれで最後だったのか、テオドールは今までのように離れてはいかず、その場に突っ立っている。

つくった本人の眼の前ではいささか食べにくいが、ルウは遠慮《えんりょ》はしなかった。わくわくした顔つきで匙《さじ》を使い、タルトとアイスクリーム、赤いソースを少しすくって味わい、本当に嬉しそうに微笑《ほほえ》んだ。

「美味しい！　さっきからこれしか言ってないけど、他に言いようがないですもんね。テオドールさんのお菓子は——もちろんお料理もですけど、他のどんな有名店のお菓子より幸せな気持ちになります」

他の面々も味見をしたが、すぐには声が出ない。

中でも菓子職人のダグは幸せという気分にはほど遠かったようだ。

丸い頭にびっしょり汗を浮かべている。

絶望的な表情は本職の自分の出番がないと焦《あせ》っているからだろう。

「これ……本来なら家庭でつくれる菓子なんですよ。それも初心者でも簡単に……」

ジャイルズとバートも青ざめて同意した。

「俺は、菓子はやらないけど、つくり方はわかる。わかるつもりだけど……」

「こんな卵タルト……初めてだ」

ルウは満面に笑みを浮かべている。

「本当に美味しい。お金はちゃんと払いますから、今度ちゃんと一皿つくってくれませんか？　ううん、一皿じゃ足らないかな。このタルトなら三つくらい余裕で食べられそう」

きらきら輝く眼差しと賞賛の言葉をかけられて、テオドールがぼそっと言った。

「何で、黙ってるんだか……」

他の人にはまるで意味のつかめない言葉だったが、この無愛想な職人との『通訳』を一手に引き受けているルウはさすがだった。笑顔で問いかけた。

「さっきのお客さんたち？　黙っていられるのは気に入りませんか？」

他の料理人がいっせいにテオドールに注目する中、当人は不服そうにちょっと肩《かた》をすくめてみせた。

「つまんねえんだよ……」

「それは仕方がない。お客さんを絶句させてしまうほど美味しいあなたの腕がいけないんです」

笑いながらきっぱり言われて、テオドールは少し面食らったようだった。

「そうなのか……？」

「そうです」

「俺は普通に飯《めし》をつくってるだけだぞ」

この時、他の人たちもデザートを取り分けるため、匙を持っていた。菓子用肉刺《デザートフォーク》ではなく匙だったのは、彼らにとってはソースが肝心だったからだが、全員、その匙を思いきり投げつけたくなった。

若手の一人、トムが疑わしげに呟く。

「……これ、普通って言うのか？」

別の若手たちも、ひそひそ囁いている。

「……ありえないって」

「……天才と何とかは紙一重って奴じゃね？」

ザックも苦笑しきりである。

「こんな普通があってたまるかって、若い頃は俺も相当ぐれたもんだ」

チャールズもほろ苦い笑いを浮かべている。

「わかります。先生は至極《しごく》当然のことをおっしゃっているだけなのでしょうが……」

またルウが全員の意見を総括《そうかつ》する。

「凡人には計り知れない普通ですよね」

気を取り直して、皆また少しずつタルトを味わい、ザックもチャールズも感心して眼を見張っている。

「使ってる材料は全部わかるが……こりゃあまた、すげえや」

「どこの卵でしょう。先生の調理もさることながら、明らかに卵が違います」

ルウが答える。

「最初に出したコートニー育ちの鶏《とり》が生んだ卵です。鶏もとても美味しいんですよ」

すると、テオドールが珍しく、自分からルウに向かって話しかけた。

「あの餓鬼《がき》は他《ほか》のも捌《さば》けるのか？」

これまた他の人たちには意味不明の質問だったが、ルウは少しも動じなかった。笑顔で答えた。

「あの子に捌けないお肉はありません。少なくとも、食べられる動物なら」

「鹿《しか》や猪《いのしし》もか？」

「ええ。熊《くま》でも牛でも馬でも」

「小さいのは？」

「どのくらい小さいのかな？　栗鼠《りす》や鼠《ねずみ》なんかだと逆に捌きようがないですよ」

「兎《うさぎ》は？」

「それなら楽勝です」

「雉《きじ》や鴨《かも》は？」

「それもあっという間です」

「次はいつ来る？」

「あの子たちは中学生だから、週末にはまた来ると思いますよ」

　テオドールと普通に話しているルウに、一同、感嘆と尊敬の眼差しを向けている。

　料理の腕は正真正銘の天才だが、とにかく言葉に不自由している人だからだ。

　訊くだけ訊いて、テオドールはふいっと背を向けた。明日の仕込みに使う食材を選ぶのか、食料庫に籠《こも》ってしまう。

　残った人は厨房の後片付けに掛かろうとしたが、チャールズが丁寧にルウに話しかけた。

「失礼ですが、ラヴィーさん」

「はい？」

「今日のお客さまの中にはうちの常連の方も何人かいらっしゃいました。その方たちから伺《うかが》いましたが、あの誓約書《せいやくしょ》はあなたが考えたものですか？」

「そうですけど……何か？」

　ルウは不思議そうな顔になったが、チャールズは逆に笑顔で首を振った。

「いいえ。先生のお考えではないだろうと思ったものですから。お気遣《きづか》い、ありがとうございます」

　ザックも笑って言った。

「俺も礼を言わなきゃと思ってたところだ。うちの不肖《ふしょう》の弟子のために、ありがとな」

　その弟子たちは怪訝《けげん》そうな顔をしている。

　ルウは何か言いかけたものの、時計を見て、少し慌《あわ》てたようだった。

「もう行かないと。後片付けを手伝えなくてごめんなさい。明日は受けなきゃいけない講義があるので、一度、向こうに戻りますね」

　ヨハンが心配そうに話しかけた。

「あの、学生さんにこんなこと言うのも何ですけど、なるべく早く戻って来てください。ラヴィーさんがいないのは心細いんで……」

「うん。ぼくも何とか鬼林檎《おにりんご》を攻略したいからね」

　ルウが厨房を出て行くと、チャールズはかつての弟子とジャイルズに向かって、しみじみと言った。

「きみたち、これから大変ですよ」

ザックも困ったように苦笑している。

「テオ先生は三カ月で連邦大学の新しい店に帰る。その後、この店はおまえらが仕切るんだろう?」

「そうですけど……」

二人はまだ不思議そうな顔だった。

それは最初からわかっていることだからである。

ジャイルズもバートも以前の店では、それぞれの料理長の片腕とも言うべき実力者だった。

だからこそ、ザックもチャールズも自信を持って愛弟子《まなでし》を送り出したわけだが、二人とも何やら気の毒そうな眼で弟子たちを見つめている。

「今日のお客さん——いや、これから三カ月、この店にテオ先生目当てのお客さんがやってくるわけだ。そのお客さんたちはここが正式に開店した後にまた来ることもあるはずだぜ」

ジャイルズは不満そうに訴《うった》えた。

「それはわかってますけど、料理長と比べられても困りますよ。俺にあの味は出せません」

「ぼくだってそうです。誰にも出せるはずがない。彼もそれがわかっているから、あんな誓約書を用意したんじゃないですか」

バートも言ったが、ザックはむしろ呆《あき》れたように笑っている。

「やっぱり、おまえら、わかってねえなあ」

チャールズも同情するような口調で言った。

「状況を考えてみなさい。テオ先生は今後三カ月、この店で包丁《ほうちょう》を取るんです。その後できみたちが交代する。テオ先生のお料理を既に食べていたお客さまたちは、その事実をどう判断しますか?」

「おまえら、テオ先生の後継者《こうけいしゃ》だと思われるぜ」

ジャイルズの口が悲鳴の形に開いたものの、声は出てこない。そのまま凍りついている。

バートも同様だった。もともとよくない顔色が紙そこのけに真っ白になり、眼は虚空《こくう》を見つめている。

他の若手の料理人たちは揃って同じことを思った。

（見える……見えるぞ。魂《たましい》が抜けていくのが……！）

そんな弟子にザックは容赦《ようしゃ》なく追い打ちを掛けた。

「正直、今の俺でもその役目を背負おうと思ったら、よほど腹を据《す》えて掛からねえと重みで潰《つぶ》れるぜ」

チャールズも負けていない。

「わたしもです。無論、全力を尽《つ》くすつもりですが、ポワールさんも困ったものですね。なかなか意地の悪いことをしてくださいます」

「いやあ、そいつはしょうがねえ。あの人は給仕として働いた経験はあっても、料理人じゃないからな。こっちの心境はわからねえんだよ。意地悪でやったわけじゃない。むしろ若いのに機会《チャンス》をくれたんだ」

「確かに。ある意味、大抜擢には違いありませんが……」

「ちょーっと大抜擢すぎたよな」

「新規のお客さまはともかく、テオ先生のお料理を知っているお客さまたちがきみたちの料理を食べて、果たしてどんな感想を抱《いだ》くか……」

「テオ先生の味じゃないのはお客だってわかってる。それでもだ、これならまあテオドール・ダナーの後釜《あとがま》として認めてもいいだろうって及第をくれるのと、何でこの味でテオドール・ダナーの後継なんだってがっかりされるのとじゃあ、雲泥《うんでい》の差だぜ。だからこそ、開業前のこのホテルで仮店舗《かりてんぽ》だけが営業していることも、テオ先生が臨時の料理長をやってることも秘密なんだろうが」

「ですが、人の口に戸は立てられません。三カ月ですからね。その間にはこの仮店舗のことも、ここにテオ先生がいらっしゃることも、食通の人々の間に伝わっていくと思いますよ」

二人の弟子は茫然自失《ぼうぜんじしつ》状態を通り越して、もはや抜《ぬ》け殻《がら》になっている。

ザックは難しそうな顔で腕を組み、最大の懸念《けねん》を指摘した。

「なまじテオ先生の料理の記憶が残っているだけに、下手《へた》をすると、もう二度と来てくれないお客だっているかもしれねえ。——別に、お客に上下をつけるつもりはないけどよ、この仮店舗にまでテオ先生を追っかけてくるようなお客は、俺たちの世界でも、かなりの影響力を持ってる人がほとんどのはずだぜ。そういう人たちがこの店を敬遠してるっていうのは、自然と広がっていくもんなんだよ」

「そうです。そこが一番の課題です。料理長が交代したことでこの店から離れて行ってしまうお客さまをいかに少なく抑えるか。何よりそれが肝要ですね。きみたちの腕の見せどころですよ」

穏やかな口調ながら、チャールズは辛辣《しんらつ》なことを平然と言ってのける。

「できることなら、推薦《すいせん》した手前、お客さまを落胆《らくたん》させることだけはないように願いたいものです」

「おまえらの最大の目標はそのお客にもういっぺんここまで来てもらうことだ。ま、精進しろや」

何とも息の合った弁舌《べんぜつ》を振るい、二人の料理長は生きた彫像《ちょうぞう》と化している弟子たちは無視して、他の若手の料理人たちに話しかけた。

「邪魔して悪かったな。けどよ、テオ先生がここにいる間はちょくちょく寄らせてもらうぜ」

「わたしどもにとってもまたとない修業の機会です。ご迷惑をかけますが、よろしくお願いします」

代表してヨハンが頭を下げた。

「こちらこそ、勉強させてもらいます」

二人の料理長が帰った後、ジャイルズとバートはようやく我に返り、蒼白《そうはく》になった顔を見合わせた。

迂闊《うかつ》と言えば迂闊だが、テオドールの技倆にただただ驚かされ、感服するあまり、彼らの師たちが指摘した可能性にまったく気づいていなかったのだ。

浅黒い顔に冷や汗を浮かべて、ジャイルズが真剣そのものの口調で競争相手《ライバル》に話しかける。

「バート。正直に言う。俺はおまえに勝つことしか考えてなかった。俺なら勝てると思ってた。それで問題は全部解決するって信じてたんだ」

　そのバートもまだ顔に血の気が戻っていないが、同じく真摯《しんし》な口調で答えた。

「ぼくだってそうだ。料理の腕なら誰にも負けない、少なくとも同じ若手の中ではきみにだって負けない自信があった。『ザック・ラドフォード』みたいに、自分の名前の看板を掛けてみせるって。だけど」

　二人とも必死の形相で互いを見つめ、声を揃えて断言した。

「それどころじゃない！」

4

エレメンタル美術館建設の構想がたてられたのは共和宇宙標準暦九六〇年頃のことである。

数十年後に共和宇宙連邦は千年の歴史を迎える。それを記念して、人類が宇宙に進出する以前から現在に至るまでの美と叡智《えいち》のすべてを、一カ所で鑑賞《かんしょう》できる場所を中央座標《セントラル》に設けようではないかという気運が連邦内で高まったのだ。

民間の大企業も美術品収集家もこの構想に賛成し、基金が設立された。シティからほど近い、中央座標《セントラル》でもっとも気温の変化の少ないヴェリタス市が建設予定地に選ばれ、莫大《ばくだい》な資金を元に作品が集められ、近代を代表する巨大美術館として華々《はなばな》しく開館した。

開館当初から所蔵品の量も質も、共和宇宙でも屈指《くっし》の美術館だったが、その後も収集家からの寄贈や、潤沢《じゅんたく》な基金を使った買いつけで着実に収集品を増やしていき、共和宇宙標準暦九九二年の現在では、常設展示品だけでも約五万点、収蔵品はその十倍以上という巨大美術館となっている。

ここは人類の美と創造の歴史を知る聖地であると同時に、共和宇宙全域から人が訪れる一大観光地でもある。学術的にも歴史的にも貴重な作品がずらりと展示されているが、人が集まるのはやはり有名な作品で、『暁の天使』もその一つだった。

制作年代は六五〇年頃だから、そう古い作品ではないのだが、五十五万点を超すエレメンタルの収蔵品の中でも、上から数えて十本の指からこぼれることはまずない、小中学校の美術の教科書にも載っている人類の至宝《しほう》と言われる名画である。

それほどの目玉作品が先日から調査研究を理由に、展示時間が短縮《たんしゅく》されている。

エレメンタルの開館時間は基本的に午前九時から

午後五時までだが、当面の間、『暁の天使』は午後三時で展示を終了するという通知が出されたのだ。

そんなわけで、今日も朝から『暁の天使』の展示室はけっこうな客で賑《にぎ》わっていた。

この絵は一枚で一つの展示室を占めている。

迷子になるほど広大なエレメンタルの一室だし、人気の展示品は他にもたくさんあるので、押すな押すなと人が詰めかけるようなことはない。

ただし、無人になることもない。

いつもより少し人の集まりがいいくらいだったが、通達が行き届いていたためか、午後二時半を回ると、展示室内には数えるほどしか人がいなくなった。

二時四十分を過ぎた頃、一組の男女が少し早足で展示室に入ってきた。

「よかった！　間に合ったあ！」

女性が思わず大きな声をあげ、慌《あわ》てて声を低める。

「これが見たくて来たんだから間に合わなかったら最悪だったよ」

男のほうは苦笑している。

「広いよなあ。入り口入ってからここまでずいぶん歩かされた」

「だから下調べが大事だって言ったじゃん。ここはまず何を見るのか決めてから来るんだって。目的もなしに、ふらっと入ったって迷子になるだけだよ」

興奮気味《こうふんぎみ》の口調だが、ここは美術館だ。

少ないとは言え、まだ人がいるので、女性の声は囁《ささや》くような音量だった。

壁に掛けられた絵を見上げて、嬉《うれ》しそうに感想を述べている。

「きれい！　やっぱり観に来てよかった！」

男のほうも小声で囁いた。

「こんなに大きい絵だったんだ。手のひらくらいのサイズかと思ってたよ」

女性が吹き出した。

「それって、携帯端末で見たんでしょ」

男も笑って、絵を見上げて首を傾げた。

「この天使ってさ、男かな、女かな」

「何言ってるの。天使に性別はないわよ」

「え？　そんなことないだろう。他の絵で見たよ。女の人の周りを羽の生えた裸《はだか》の赤ん坊が何人も飛び回ってる絵だったけど、あれが天使でしょ。お尻を向けてるのはわからないけど、前を向いているのはちっちゃいのがちゃんとついてた」

「ばか」

天使を評するのに『羽の生えた裸の赤ん坊』とは身《み》も蓋《ふた》もなければ、情緒のかけらもない。

女性は呆《あき》れていたが、男の言い分にも一理あると思ったようで、考える顔になった。

「言われてみれば、ああいう赤ちゃんの天使って、たいてい男の子だよね？」

「だろう？　でも、この天使は男には見えない」

「女の人にも見えないよ。美人だけど——美女って感じじゃないもん」

呟《つぶや》いて、女性はしばし考えていたが、ふいに違うことを訊《き》いた。

「——ね、それじゃあ、この天使、どんなふうに見える？」

「え？　どんなふうって」

「だから、天使の表情よ。嬉しそうに笑ってる？　それとも悲しそうに見える？」

「ええ……？」

男のほうは美術鑑賞にあまり熱心ではないらしい。それでも彼女の問いに応《こた》えようと、絵をじっくり見上げて、困ったように言った。

「嬉しいとか悲しいとか、そんなに表情があるとは思えないな。何だか、つまんなさそうな顔だよ」

するると、若い女性は唇《くちびる》をとがらせた。

「あたしといるのがつまらないんだ？」

「はあ？　何それ」

「この天使はね、見る人の気持ちで表情が変わって見えるんだって。嬉しい時には嬉しそうに、悲しい時には悲しそうに。そっか、つまんないんだ」

「何でそんな話になるんだよ。決めつけるなよ」

男は大慌てで言い返した。

「だったら、そっちこそ、どう見えてるんだよ」

「すっごく嬉しそうに見えるよ」

女は一転して笑顔になった。

どうやら本気ですねたわけではないらしい。

男に身体《からだ》を寄せて、男の顔をまっすぐ見つめて、甘《あま》えるように言ったものだ。

「とっても幸せそうに笑ってるよ」

「何だよ……」

男は面食らったが、とびきりの笑顔を向けられて、まんざらではなかったらしい。

彼女の腰を抱き寄せ、彼女も男の身体に手を回し、仲良くよりそって絵を見上げている。

実にいい雰囲気だった。

邪魔をするのは野暮《やぼ》の極みというものだが、職員の認識票を付けた男が二人の背後から近寄り、頭の上から声をかけた。


「すみません。ここはもうまもなく閉めますので」

大きな体格の職員に声をかけられて、恋人たちは残念そうな様子だったが、もう一度、絵を見上げ、笑顔で互いを見つめて、素直《すなお》に展示室を出て行った。

この職員、オコーナーである。

展示室からすべての観客が出て行くのを確認して、オコーナーは開館中はまず使うことのない防犯扉《さえぎ》を作動させた。見学者用の通路と展示室を完全に遮る扉が静かに閉まっていく。

展示室の中にいるのはオコーナー一人だけになり、同時に、横手にある通路から運送会社の制服を着た男が四人現れた。

巨大な美術館なので、見学者用の通路とは別に、作品を運ぶ裏方《バックヤード》の通路がつくられているのは当然だが、調査研究のためなら、現れるのは白衣を着た学芸員のはずなのに、運送業者が来るのが妙だった。

四人とも恐ろしく屈強な体格である。

中でも一人は際《きわ》だって背が高く、二メートル近くあるだろう。他の男たちより頭一つ抜きんでている。鼻筋の通った男前だが、髪《かみ》を剃《そ》りあげた形のいい頭も顔も浅黒く、肩《かた》も胸も分厚く、大変な迫力だ。

展示室にいたオコーナーはその男に軽く会釈《えしゃく》し、男も軽く頷《うなず》きを返した。

四人は脚立を使って、『人類の至宝』と言われる絵を慎重《しんちょう》に壁から下ろし、用意の梱包容器に納めて台車に載せた。

一人が台車を押し、二人が脚立を持って、通路に続く扉を出る。

オコーナーも彼らに続き、展示室を後にしたが、彼はそこで、ちょっと奇妙なことをした。展示室へ入る扉に後付け式の鍵を取り付けたのだ。

ほとんどの素材に一瞬《いっしゅん》で着脱できる優《すぐ》れもので、設定した数字を打ち込むと二つに分かれて解錠する仕組みである。そもそも関係者以外立ち入り禁止の通路なのに、これでは関係者さえ展示室に入れないことになる。


他の四人は台車を囲みながら搬出《はんしゅつ》入口《にゅうぐち》を目指して進んでいった。

その途中、彼らの前に現れた人がある。

エレメンタル美術館の最高責任者アルフォンス・ブライト館長だった。

ブライト館長も体格のいい人だが、台車を囲む男たちとは大きさの種類が違う。

彼らの体格が筋骨隆々《きんこつりゅうりゅう》だとしたら、館長の身体つきは恰幅《かっぷく》がいいというのがぴったりだ。

元来は明るい性格の朗《ほが》らかな人なのだが、今は傍《はた》目《め》にも顔色がよろしくない。

館長は、頭を剃った一番背の高い男に話しかけた。

「今日は戻す時も、あなたたちが担当ですか？」

「はい。運び出した班が責任を持って戻します」

「くれぐれも、慎重にお願いします」

苦悩に歪《ゆが》んだ表情の館長に対し、男は冷静だった。

「ご安心ください」

先日、館長は初めてこの男に会ったのだ。

「ビル・キンケイドです。連邦から参りました」

館長室にやってきて自己紹介した時、彼は背広を着ていた。恐らくは特注の特大寸法の背広だったが、大胸筋が布地を押し上げている。肩も首回りも実に窮屈《きゅうくつ》そうで、腕の上げ下げに支障があるのではと案じさせるほど、生地が身体に張りついている。

はっきり言って似合っていない。

この人は上半身裸で格闘技の試合場《リング》に立っているほうが、よほどしっくりくるのではと館長は思った。

館長と向き合って座ったキンケイドは、さっそく用件に入った。

「今回の仕事について確認したいことがあります」

「その前に、キンケイドさん」

館長はためらいがちに相手の言葉を遮り、慎重に問いかけた。

「あなたは――あなた方はと言うべきでしょうか、今回の仕事についてどう思っているのです？」

「質問の意味がわかりかねます」

館長は困ってしまった。しばし考えて、言った。

「具体的に、あなたはどんな仕事をしろと言われて当館に来たのか、教えてください」

「この美術館に展示されている『暁の天使』という絵画を毎日、決まった時間にある場所に届け、また決まった時間に持ち帰るようにと指示されました。期間はおよそ三カ月です」

実に簡潔明快《かんけつめいかい》な説明ではあるが、ブライト館長は深々とため息をついた。

「……わたしが言うのも何ですが、ひどく不自然な指示だとは思いませんか？」

「それは自分の関与するところではありません」

無表情でキンケイドは答えた。

「自分も他のメンバーも指示に従うだけです。総勢十六人。必要であれば後ほど名簿をお渡しします」

「いえ、結構です……」

館長はこの時もまだ『いったいなぜこんなことになったのか』とひたすら世をはかなんでいたのだが、

キンケイドは極めて現実的だった。

「我々は美術館の意思を、すなわち館長のあなたの意思を尊重するようにと指示されています。そこでいくつかの確認事項とお願いがあります。第一に、今回の仕事は秘密裏に行う必要がありますか」

「当然です！」

力強く答えた館長だった。

「この一件が公《おおやけ》になることは絶対に避けねばなりません。もっとも……」

小さな皮肉を込めて、館長は付け加えた。

「あなた方の上司はあらゆる公的権力を使ってでも、表沙汰《おもてざた》になることを避けるでしょうが」

キンケイドはこの皮肉は無視して、事務的に次の質問をした。

「館内はどうなのです？」

「と言いますと？」

ブライト館長はきょとんとなった。

キンケイドは察しの悪い館長に苛《いら》だつでもなく、感情のない口調で続けた。

「美術館職員の勤労形態についてお尋《たず》ねしています。閉館後の夜間、問題の絵が展示されている建物には職員がいるのではありませんか」

「当然です。警備員がいるのはもちろん、清掃員もいますし、地下には学芸員もいます」

「館内の巡回《じゅんかい》は？」

「もちろん行います」

「その人たちに絵の掛かっていない壁を見られても問題はありませんか？」

ブライト館長は、はっとした。

今さらながらに深く考え込んだ。

「問題がない……とは言えませんな」

「では、絵が外部に持ち出されていると知る人間は、外部内部を問わず可能な限り最小限に抑えたい――それが館長のご意見と判断してよろしいですか？」

「そうです」

「今回のことを知っている人物は現場に――この美

術館内にという意味ですが、何人いますか？」

「理事たちは全員、知っていますが、彼らは滅多《めった》にここに足を運ぶことはありません。現場の人間では――今のところ、わたしだけです」

館長は自分でも驚いたように言ったが、何か思い出したように付け加えた。

「今は留守《るす》にしていますが、副館長のモリスくんが戻って来たら、彼には知らせなくてはと思っています。わたしの秘書のような役割も務めてくれている人物ですから」

「副館長は今はどちらに？」

「マースで大規模な古代美術展を行う企画があって、その打ち合わせに出向いています。彼は古代美術の学芸員でもあるので」

館長は慎重に付け加えた。

「それにもう一人、美術館の人間ではありませんが、スタイン教授がご存じです」

「どういう立場の人ですか？」

「ドミニク研究の大家《たいか》として知られている方です。当美術館も何かとお世話になっています」

「今回の仕事にも協力していただける？」

「はい」

「午後三時で絵の展示を終了するそうですが、展示時間の短縮理由はどのように設けますか？」

それは館長にとっても頭の痛い問題だ。

額《ひたい》の汗を拭《ふ》きながら答えた。

「何か適当に……そうですな。調査・研究のためと発表する予定です」

「内部に関しては？」

「はい？」

ブライト館長はまだ現実を直視できていないようだった。この仕事を実行することによって発生する事態を予想するところまで頭が回っていないのだ。

逆にキンケイドはあらゆる事態を想定している。

「この美術館について少し調べさせてもらいました。職員は二千人を超えているそうですね」

「外部職員を含めればもっといますよ。売店の売り子やチケットの販売受付、混雑時のお客さまの案内係などがそうです。ただ、彼らは担当以外の部署に立ち入ることはまずありません」

二千人を超す職員のおよそ九割が監視員、一割が学芸員である。

エレメンタルにはざっと数えただけでも、古代総合芸術部門、近代絵画部門、彫刻《ちょうこく》部門、素描部門、服飾部門、武器甲冑《かっちゅう》部門、工芸品部門、楽器部門がある。部門内で項目が分かれている場合もあり、それぞれ専門の学芸員がいる。

キンケイドはこうした点を確認する意味で指摘し、話を続けた。

「問題の絵は近代絵画部門に属しており、地下には収集品の倉庫と研究施設がある。そこでは大勢の学芸員が働いている。間違いありませんか」

「はい。そのとおりですが?」

「問題の絵を『調査・研究』するなら、午後三時で展示を終えた絵は、地下の研究室に移されなければなりません。近代美術の学芸員は自分たちが何の『調査・研究』をするのか、どんな仕事をするのか、内容を知りたがるでしょう。それ以前に、なぜ絵を地下に下ろさないのか、疑問に思うのでは?」

館長はまた額の汗を拭《ぬぐ》った。

「た、確かに……」

「それとも、学芸員に事情を説明しますか?」

「いいえ。それは危険が大きすぎます」

館長ははっきりと首を振った。

「近代美術の学芸員は二十人以上いますし、彼らに話せば事情を知る職員はどんどん増えるでしょう」

「では、学芸員には、何か別の理由を説明する必要がありますが……」

キンケイドは暗に問いかける口調で言葉を切り、ブライト館長の顔はさらなる苦悩に歪んだ。

本当の理由は言えない。

言えるわけがない。

人類の至宝と言われる名画が連日密かにこの美の殿堂から持ち出され、こともあろうに飲食店の壁に飾られているなどと。

しかも、その理由が、飲食店の料理長があの絵を店内の壁に飾りたいと言ったからだと、その通りに図《はか》るようにと連邦主席から圧力が掛けられたのだと、語ったところで彼らが信じるわけがない。

あまりにも荒唐無稽《こうとうむけい》に過ぎる。

だが、紛《まぎ》れもない事実なのだ。恐ろしいことに。

ブライト館長は真剣な顔で熟慮《じゅくりょ》した末、苦し紛れに答えを出した。

「展示時間の短縮は……連邦からの強い要請によるものだと説明します。詳細は事情があって話すことはできないが、閉館までの二時間、展示室には立ち入り禁止だと、その間、中で何が行われているかは、我々には干渉する権限がないと。無茶な説明ですが、事実ですから」

「いいえ。格好の説明です。そう言っておけば誰も絵が外部に持ち出されているとは思いますまい」

頷いたキンケイドは大きめの携帯端末を取り出し、何かを表示させた。近代絵画を展示している建物の図面だった。展示室や見学通路のみならず、裏方の通路や給湯室、警備室まで記されている。

美術館関係者でなければ入手できない図面だが、相手の持つ権力を駆使すればその限りではない。

その図面を示しながらキンケイドは言った。

「この建物の中で、職員があまり近寄らない場所があったら教えてください」

一口に裏方といってもいろいろで、彼らが今いる立派なつくりの館長室も、厳密《げんみつ》に言えば裏方である。

他にも職員が事務作業に働く大きな部屋もあれば、大小の会議室もある。職員の休憩室《きゅうけいしつ》、医務室もある。

館長は訝《いぶか》しげに問い返した。

「あまり近寄らない場所……ですか？」

「はい。そこに我々の本部を置かせてもらいます。その本部から館内の警備態勢に干渉することを許可していただきたいのです」

「……どういうことです？」

「こちらの警備室では昼夜を問わず、館内に異常がないかを監視しているはずです。閉館後はすべての門を閉ざし、各門の人の出入りを確認《チェック》するはずです。我々が夜半に絵を持ち帰った際、警備室に連絡して門を開けてもらったのでは、何の意味もありません。それでは秘密厳守どころではない」

「つまり……あなた方が、勝手に門を開けると？」

「絵を通す間だけです。通用門を一つ開閉し、その様子が警備室の監視装置に映らないように、画像を操作します」

それはやりすぎでは――と言いかけた自分の口を、ブライト館長は意思の力で押さえた。

キンケイドの言い分に利があるのはわかっている。だが、エレメンタル美術館の最高責任者としては素直に頷くわけにはいかなかったのだ。

悲壮な表情で訴《うった》えた。

「言うまでもないことですが、当館は貴重な絵画や作品を多数、展示しています。特に工芸品部門には、美術にはまったく縁《えん》のない人間でも欲しがるような、高価な宝石をふんだんに使った装飾品もあります。それを夜間、一部とは言え、警備態勢に手を加えて、万が一、何かあったら……」

「そんなことにはなりません。我々が責任を持って対処します」

キンケイドの声には静かな自信があった。

彼には――彼らには、それが充分にできるだけの能力も実績もあるが、ブライト館長はそんなことは知るよしもない。思いきったように問いかけた。

「あらためてお尋ねしますが、あなたがたは、あの絵の価値を本当におわかりなのでしょうね？」

「自分は美術の専門家ではありません。知っているのは人類の文化遺産だということくらいです」

「そのとおりです。個人が所有する美術品は少なくありませんが、『暁の天使』ほどの名画ともなると、個人が独占することなど許されません。たとえあの絵が個人蔵であったとしてもです。優れた美術品であればあるほど、人々に公開する義務があります」

それは長年、美術・芸術に携《たずさ》わってきたブライト館長の揺《ゆ》るがぬ信念だった。

「しかし、残念ながら、世の中には純粋《じゅんすい》な視点で作品を愛するだけでは納まらない人もいるのです。非合法な手段を使ってでも自分だけのものにしたい、誰にも渡したくないという身勝手な考えにとりつかれてしまう。無論許されることではありませんが、ほとんどの場合、それは単なる妄想に過ぎません。心の中で思っているだけなら問題はないのですが、財力や権力を得た人は――ごく希にですが、最後の一線を踏み越えて実行に移してしまう。美術品の盗難は未《いま》だにあちこちで起きている頭の痛い問題です。中でも特に『暁の天使』には、そうした異常な執《しゅう》着《ちゃく》を見せる人がたびたび現れるのです」

「その筆頭が前館長ですか？」

ブライト館長は大きな息を吐き、両手を握りしめ、呻《うめ》くように言った。

「……当館始まって以来の不祥事でした」

前館長のフレデリック・シーモアは、館長という立場を利用して『暁の天使』を盗み出し、我が物にしようとしたのだ。

「……シーモア前館長は、あの絵を手に入れるために、殺人まで犯したのです。前館長は名門の出身で、輝かしい経歴を持つ人でした。それなのに……」

そんな人でさえ、あの天使の虜《とりこ》になった。

「この世界で生きることを決意した者は、わたしも含めて、誰しも皆、美や芸術の虜であると言えます。それこそが生きがいであると言ってもいいでしょう。ですが、前館長は悪い意味であの天使に魅了され、虜になってしまった」

『暁の天使』はほとんどの人が美しいと思う絵だが、美しいだけではない。

ある種の人々を狂わせてしまう魔力があるのだ。

訥々《とつとつ》と語るブライト館長に、キンケイドは冷静な口調で質問した。

「あなたご自身はどうなのです？　あの絵を自分のものにしようという欲はないのですか？」

心痛に襲われているブライト館長の顔に、初めて、笑みらしきものが浮かんだ。

「そんな大それたことは考えたこともありません。わたしは己《おのれ》の分《ぶん》を知っていますから。あるとしたら、あの絵を見るために、一人でも多くのお客さまに当館を訪れてもらいたいという欲くらいです」

キンケイドも初めて唇の端《はし》に微笑らしきものを浮かべた。

「我々も分限《ぶんげん》はわきまえているつもりですが、もしわたしや仲間の誰かが金銭によろめくのではと危惧《きぐ》しているのなら、その点に関しては我々を派遣《はけん》した雇《やと》い主《ぬし》を信じてくださいとしか言えません」

ブライト館長はまっすぐ背筋を伸ばすと、真剣な眼差しでキンケイドを見つめた。

「あなたはわたしの意思を尊重するとおっしゃった。希望《きぼう》を言ってもよろしいですか」

「それを伺《うかが》うために参りました」

「ならば、あなたたちの仕事の内容は絶対に人には知られないようにしてください」

「承《うけたまわ》りました」

「もう一つ、必ずあの絵を守ってください」

「我々の眼の届く限りは、持ち出した時と同じ状態で戻すとお約束します。ただし、飲食店にある間は何もできません」

その心配は無用——と言いかけて、館長は思わず口を閉ざした。自分でも意外な言葉だったからだ。

あの店にある限り、心配はない？

そんな馬鹿《ばか》なと、自分で自分の発想に驚いた。

開業前のホテルのペントハウスという立地から、そんなことを考えたのだろうか？

自らの心の動きを訝しみながらも、館長は今後の流れについてキンケイドと打ち合わせを続け、地下倉庫の一角に本部を据えることで合意した。

広大な倉庫には多彩な美術品が納められているが、何十万という数があるので、学芸員ですらすべては把握《はあく》しきれない。展示は定期的に入れ替えているが、ものによっては何年も日の目を見ないものもある。

その中に『潜《もぐ》り込ませてもらう』とキンケイドは言った。事実上、倉庫の中で暮らすという意味だ。

館長は驚いて問いかけた。

「住み込みですか？」

「はい。洗面所だけはお借りします。食事や寝床はこちらで用意しますので、お気遣《きづか》いなく」

気を遣うなと言われても、そういう問題ではない。

館長は半信半疑で言った。

「……うちの地下は住居ではないんですが」

「屋根があるなら充分です」

「収蔵庫に入るには特別な身分認証が必要ですが」

「それもこちらで操作します」

「…………」

そんなわけで、先日からキンケイドとその仲間は本当に、収蔵庫の片隅に住み着いているらしい。

らしいというのは、今のところ、どこからも何の声もあがっていないからだ。

二千人もの職員がいるので、見知らぬ顔がいても、それほど不思議に思われることはないが、館長は別の意味で心配だった。

何と言っても、キンケイドは徹底的に美術館には不向きの容貌《ようぼう》である。迫力がありすぎるのだ。

この印象は、後に紹介された彼の仲間たちも同じだった。皆が皆、恐ろしく鍛《きた》えた身体つきの大きな男たちだったが、ブライト館長の心配をよそに、彼らは意外に美術館に溶け込んでいるようだった。

地下にいる時は清掃員か警備員として、美術館の職員をやり過ごし、上の館内にいる時は臨時の案内係として、実際に客の相手もしている。

ブライト館長はこれらの出来事を鮮明に思い出しながら、台車を押していく男たちを見送った。

美術館はまだ開館中である。こんな時間に作品を――それもこんな有名な絵画を外部へ持ち出すなど、まずあり得ないことだ。

搬出入口の外に輸送車が一台、他に小型車が二台、待っていた。

館長は滅多に足を向けない資料室の窓から、その様子を見ていた。台車の荷物が輸送車に積み込まれ、小型車が先導して出発する。輸送車が続き、さらに別の小型車が後ろからついて行く。

広大なエレメンタルには、客用の入場口だけでも三つの門がある。それとは別に職員用の通用口、搬出入口も複数ある。

開館中でも、搬出入口は基本的に閉まっているが、その扉が一つ、静かに開いて、三台の車を通した後、また閉まった。

遠ざかっていく三台の車を見送り、館長は大きなため息をついた。これが後三カ月も続くかと思うと、冗談抜きに胃に穴が開きそうだった。

しかし、そろそろ仕事に戻らねばならない。

長い通路を館長室に戻る途中、館長の携帯端末にスタイン教授から通信文が届いた。

足を止めて読んでみる。

今日はどうしても外せない会食が入っているので、あの店へは行けないとある。

あの絵が気になって仕方がないのは教授も同じだ。代わりに出向いてもらえないかと尋ねられたので、ブライト館長は、ちょっぴり恨《うら》みがましい文面をつくって送信した。

「まだ一度もあの店へは行けていません。しばらく会合続きなんです」

館長の仕事の主なものに外交がある。

国内外の美術館との展覧会の企画や打ち合わせ、作品の貸し借りの交渉、多額の寄付主である財界人や篤志家《とくしか》のパーティや、お偉方の主催《しゅさい》する会合など、どうしても顔を出さなくてはならない集まりが連日あると言っても過言ではない。

スタイン教授からは開店初日の感想も聞いている。

美術以外には関心を示さない教授にしては極めて珍しく、『非常に素晴《すば》らしかった』と料理の感想を述べ、それは店の客も同様だったとある。

教授も含めた客は皆、テオドール・ダナーの非凡な才能に圧倒されていたと。

そのせいか、ありがたいことに、教授以外の誰も、さりげなく壁に掛かっている絵がまさか本物だとは気づいていない様子だったとも記されている。

思わず身震いしたブライト館長だった。

気づかれたら一巻の終わりである。

再び通路を行こうとして、ふと思いたち、館長は『ドミニク・謎の遺書』と携帯端末で検索《けんさく》した。

『暁の天使』の作者が残したその文章の全文はあの展示室に、彼の履歴《りれき》とともに表示されている。

今は展示室には入れないので、館長はあらためて、その文章を端末に表示させて読んでみた。


【まだ見ぬ黄金《おうごん》と翠緑玉《すいりょくぎょく》の君《きみ》へ。

余《よ》は『暁の天使』を君に贈る。

君以外の何人《なんぴと》もこの絵を所有することはならぬ。

なぜなら、君を語る時、彼の人《かのひと》の海の瞳《ひとみ》は輝き、君を想う時、彼の人の薔薇《ばら》の頬《ほお》は匂やかに息づいた。

故《ゆえ》に、余はこの絵を君に贈る。

たとえ何十年、何百年が過ぎようとも、君以外の者の手にこの絵を委《ゆだ》ねることは断じてならぬ。

君よ。まだ見ぬ黄金と翠緑玉の佳人《かじん》よ。彼の人は紛れもなく芳《かぐわ》しい夜の闇《やみ》に属するものであった。

彼の人が佇《たたず》みて呼べば、月は応えて輝きを増し、星々は嬉しげにざわめいた。

故に、余は当初、この絵を『黄昏《たそがれ》の天使』と命名する所存であった。彼の人こそはまさしく『夜』を象徴《しょうちょう》するものであったからだ。

しかし、君への敬意と賛美の証《あかし》に『暁の〜』と、あらためるものである。

なぜならば、彼の人が何より待ち侘《わ》びていたもの、そして焦《こ》がれていたものこそは君であった。

すなわち『太陽』であった。

故に、余はこの絵を君に捧《ささ》ぐ】

遺書とも恋文ともつかないこの手紙はドミニクの研究者にとって、未だに解明できていない謎である。

ドミニクは生涯独身で、子どももいなかった。

特定の恋人もいなかったとされている。

それでも、友人たちと交わした手紙や証言などで、ドミニクの人となりは多少なりともわかっている。

彼の描《えが》く抽象画は鬼気迫る迫力と雄大さが特徴で、本人もよく言えば融通無碍《ゆうずうむげ》の天才肌、悪く言えば世間一般常識が通用しない奇抜な性格であったらしい。

彼と長年組んでいた画商の愚痴《ぐち》が残っているが、ドミニクは自分の絵が家一軒《いっけん》買えるほどの値打ちになってからも、描きあげた作品にはほとんど興味を示さず、あろうことか気軽に人にあげてしまいかねない性格だったので、何とかそれを食い止めるのに必死だったとある。つくづく画商の苦労が偲《しの》ばれる。

そんなドミニクが唯一『暁の天使』にだけは強い愛着を見せていた。

五十代で描きあげてから九十歳で亡くなるまで、決して手元から放そうとせず、亡くなる数年前にはこの手紙を書き記し、贈る相手を指名までした。

問題はそれが名指しではないということだ。

『黄金と翠緑玉の君』とは誰を指すのか、そもそも実在した人物だったのか、それすらわかっていない。

研究者の間にもいろいろな意見があって、特定の個人を指したものではあるまいという見方すらある。

ドミニクの性格から、相手の名前がわかっているならそう書いたはずだから、何か観念的な言葉ではないかというのだ。

無論、異論もある。

『君』の本名を知らなかった、行きずりの人だったという可能性も否定できない。第一、永遠を暗示する意味で使ったとしたら、翠緑玉ではなく金剛石《こんごうせき》と記すのが普通ではないかというのだ。

この言い分にも反論がある。

『まだ見ぬ』とあるのだからドミニクはこの『君』に会ったことはないはずである。何より一般常識に疎《うと》かったドミニクに詳しい宝石の知識があったとは考えにくい。単に美しいと思って使ったか、もしくはたまたま知っていた宝石の名前を適当に記したのではないか等々、様々な見解が示されている。

一つだけ確かなことは、この手紙は『黄金と翠緑玉の君』以外には決して『暁の天使』は渡さないという作者の確固たる遺志を表していること、そして現実にこの遺書の通りになったということだ。

ドミニクの死後、『暁の天使』を所有した人間はわかっているだけでも五人いる。

うち一人は、非合法な手段で絵を手に入れた罪を問われて身を滅ぼし、一人は事業に失敗して破産、三人は亡くなった。

三人とも高齢だったので、呪いではなく、寿命がきただけとも言えるが、この絵を所有して一年以上、無事でいられた人間が一人もいないのは確かである。

その後、ドミニクの故郷の美術館が『暁の天使』を所蔵した。個人所有ではなくなったのだ。

その美術館が経営難のため閉館することが決まり、『暁の天使』はエレメンタルにやってきたわけだが、何事もなく無事に展示されてきた。

シーモア前館長があの暴挙に出るまでは。

あの事件のことを思い出すと、ブライト現館長は未だに何ともやりきれない気分に襲われる。

フレデリック・シーモアは選良《エリート》中の選良の人生を歩んできた人だった。美や芸術に関する造詣も深く、学芸員の信頼も厚く、尊敬される上司だった。

それほどの人物でも『暁の天使』を手に入れるという誘惑には勝てなかったのだ。

前館長は恐ろしく慎重に、なおかつ入念に計画をたてていた。七年もの歳月を掛けて、専門家の眼を欺《あざむ》く贋作《がんさく》を描ける贋作者を確保することから始め、まんまと展示中の『暁の天使』を贋作とすり替えることに成功し、本物は自宅に隠した。

その上で、現在美術館に展示されているのは偽物だとわざわざ通報し、美術館関係者や警察に本物を探させ、最終的に本物の『暁の天使』は犯人の手で燃やされてしまったと思わせる工作までした。

あのままいけば、シーモア前館長の計画は見事に成功していただろう。

本物は無残に焼失してしまったのだと、もうこの世には存在しないのだと、スタイン教授も、当時のブライト副館長も一時は絶望したのだから。

シーモア館長もその仲間に加わり、悲嘆《ひたん》に暮れるふりをしていたが、内心では暗い歓喜を爆発させていたに違いない。上首尾に終わったと、これからは自分一人が『暁の天使』を愛《め》でることができると、至福の思いに浸《ひた》っていたはずだ。

その思惑を食い止めてくれた中学生の少年がいる。

その少年の働きでシーモア館長の企《たくら》みは暴かれ、『暁の天使』は無事にエレメンタルに戻ってきたが、ブライト副館長は素直には喜べなかった。

美術史を代表する名画が無事だったことには深く安堵《あんど》したが、同時に、得体の知れない不安と緊張《きんちょう》感《かん》、さらには一抹《いちまつ》の恐ろしささえ感じながら、元の展示室に飾られた『暁の天使』を見上げたのだ。

いつも美しいと感動する天使が、その時ばかりは、ひんやりと冷たく笑っているように感じられた。

地上の人間の醜態《しゅうたい》を、遥《はる》かな高みから、滑稽《こっけい》だと嘲《あざけ》っているようにも哀れんでいるようにも見えた。

非科学的とわかっていても、アルフォンス・ブライトはあらためて、この絵は個人が所有できるものではないと思い知らされた気がしたのである。

シーモア館長ほどの人物でもこの天使に惑《まど》わされ、身を滅ぼしてしまったのだと。

ドミニクの呪いは三百年が過ぎた現在でも、まだ効力を発揮《はっき》するのかと。

しかし、今、『暁の天使』を、

「あれはおれの絵なんだ」

と、あっさりと言う少年がいる。

「あんな大きい絵、寮の部屋に飾るのは邪魔だから、エレメンタルに預けておくよ」

と言うのだ。

無論、法的根拠《ほうてきこんきょ》は何もない。

子どもの戯言《ざれごと》として一笑に付すべき発言なのだが、ブライト現館長にはそれができない事情がある。

あの少年がいなかったら、『暁の天使』は二度と日の目を見ることはなかった。最悪の場合、贋作者による複製と見なされ、他の数百枚の模写とともに処分されていたかもしれないのだ。

考えただけでぞっとする。

ブライト館長も、エレメンタルも、あの少年には返しても返しきれない恩があると言っていい。

その少年と仲のいい青年の言葉も思い出した。

「少なくとも、あの絵に関しては、あの子とぼくに権利があります」

どういう意味なのか、館長にはわからなかった。

なぜか気圧《けお》されてしまい、問いただすこともできなかった。

スタイン教授はどういうわけかその青年のことを『天使』と呼んでいる。

ルーファス・ラヴィーと名乗った青年は奇《く》しくも『暁の天使』と同じ黒い髪に青い瞳をしている。

そしてあの少年は輝くばかりの金髪に、本物の翠緑玉も顔負けするほど美しい緑色の瞳をしている。

ブライト館長は苦笑して首を振った。

『暁の天使』が描かれたのは三百四十年以上前。

あの少年は十四歳だ。

「偶然だな……」

そんなことがあるわけがないと自らに言い聞かせ、仕事に戻った。

5

仮住まいにしているホテルの部屋を出たところでカトリンは二人の少年にばったり出くわし、笑顔で声をかけた。

「ヴィッキー先輩《せんぱい》、シェラ先輩！」

「はい。またお邪魔しに参りました。お店のほうはいかがですか？」

優しい微笑を浮かべて、丁寧《ていねい》な口調で尋《たず》ねたのがシェラ・ファロット。

「赤ちゃんのご飯に来たの？　――って、訊《き》いたらいけないのかな」

ちょっと困ったように苦笑したのがヴィッキー・ヴァレンタイン。

カトリン・ダナーはまだ二十一歳だ。その若さでヨハンと結婚し、一児の母でもある。今まさに生後三カ月の娘に母乳を飲ませ、寝かしつけてきたところだったから、笑って首を振った。

「大丈夫《だいじょうぶ》ですよ。性的《セ ク ハ ラ》いやがらせにはなりません」

カトリンは『先輩』と呼んでいるが、この二人はどう見てもカトリンより年下だ。二人とも十四歳の中学生だが、ただの中学生ではない。

この二人を見るたびにカトリンはいつも感心して、思わず見とれてしまう。

いったい自然はどんな気まぐれを起こしてこんな人たちをつくりあげたのだろうかと思うのだ。

シェラという名前は普通は少女のものである。

事実、どう眼を凝《こ》らしても、抜けるように白い肌といい、さらりと流れる白銀の髪《かみ》に優しい菫《すみれ》の瞳《ひとみ》といい、口調はもとより身のこなしに至るまで、品のいい少女にしか見えないが、れっきとした少年だ。

一方、ヴィッキーは黄金も顔負けするような髪を無造作《むぞうさ》に束《たば》ね、宝石のような深い緑の瞳をしている。

こちらも少女にしか見えない抜群の美貌《びぼう》の主《ぬし》だが、やはり少年だ。それもシェラが『しとやか』なら、こちらは『力強い』としか言いようがない。そこにいるだけで一気に場が華《はな》やかになるような、自然と人の目を引きつけてしまう圧倒的な美しさだ。

カトリンはこの少年をヴィッキーと呼んでいるが、シェラはこの少年のことをリィと呼んでいる。

これだけでもややこしいが、厨房《ちゅうぼう》を手伝ってくれている黒髪の青年は、また違う名前でこの少年を呼んでいる。

本人は、

「おれには名前がいくつもあるからね」

で、片づけている。

カトリンも深く追及はしなかった。彼女にとってこの少年たちは自分より先に義父《ぎふ》の店で働いていた『先輩』であり、それで充分だった。

こうして二人で並んでいると、金と銀、月と太陽、炎と氷——はちょっと違う。

内心で訂正しながら、問いかけた。

「今着いたんですか？」

「うん。朝一の便に乗ってきた」

二人とも連邦大学の中学校に通う生徒である。

平日は学校があるが、週末は学校は休みだ。

テオドールの店が気になって遊びにきたらしい。

カトリンは思い出したように手を打った。

「ちょうどよかった、ヴィッキー先輩。昨日大きな鹿《しか》が入ったんですよ。他にも、狩猟肉《しゅりょうにく》がいろいろ届いてます」

「今から行くよ。カトリンも上に戻る？」

リィは笑って言ったが、シェラのほうはちょっと心配そうだった。

「赤ちゃんはお部屋に残して大丈夫ですか？」

「はい。保育器に入ってよく眠ってますから。手の掛からない子で助かってます」

リィとシェラは自分たちの部屋に荷物を放り込み、カトリンと一緒に屋上にある店へ向かった。

ポワール・シティ・ホテルはまだ正式には開業していないが、従業員の訓練のために、試験的に客を入れている。彼らの部屋は十階にあるが、他の客に遭遇《そうぐう》することはなかった。もしかしたら、この階に泊まっているのはテオドール一家と、リィ、シェラ、ルウたちだけなのかもしれなかった。

昇降機に入ると、正面の鏡が彼らの姿を映し出し、同時に虹彩《こうさい》認証が働いた。扉の横の液晶板に、二階、一階、地下、それに屋上が表示される。

二階はフロント、一階は玄関、地下は駐車場だ。

この昇降機は基本的に、その三カ所以外は自分の宿泊する階にしか止まらないようになっている。

屋上が表示されたのは、カトリンがレストランの従業員だからだ。レストランの予約客が来た時は、もちろんフロントが屋上まで通している。

屋上まで上がる途中、三人は世間話をした。

「赤ちゃんもアンヌで、カトリンの養母もアンヌで、テオの亡くなった奥さんもアンヌだもんね。ごちゃごちゃにならない？」

「大丈夫です。養母はママ・アンヌ。お義母《かあ》さんはお義母《かあ》さん。娘はただのアンヌですから」

シェラは別のことに驚き、感心している。

「生まれたばかりの赤ちゃんとお母さんがこんなに長い時間、離れ離れでいられるのは便利ですねえ。わたしのいたところでは、お母さんは赤ちゃんを背中にくくりつけて仕事をしていましたよ」

カトリンが笑って言い返す。

「まだ首が据わってないんですから、背負うのは無理ですよ」

昇降機が止まって扉が開いた。屋上のはずだが、現れたのは立派な大理石の床のホールだった。

左手には重厚な受付の卓《テーブル》があり、その奥には螺《ら》旋《せん》階段もある。

二階部分はいくつかの個室になっていて、正式に開店した後はそちらを主に使うことになっているが、今は二階は使っていないので、三人は正面に進んだ。

突き当たりの壁の手前に、右に折れる通路があり、先に進むと、左側の壁に、扉のない大きな入り口が開いている。

この奥が臨時のレストランで、厨房は店の奥だが、リィとシェラはすぐには店内に入らなかった。

店の外側の壁の変化に気がついたからだ。

「あれ、壁龕《ニッチ》が出来てる」

「この蝶《ちょう》は……置物ではなく装飾品《アクセサリー》でしょうか」

男の子が宝石に興味を示すのは珍しいと思いつつ、カトリンは説明した。

「マスター、最初からここの壁に石で出来た蝶々を飾りたいって言ってたんです」

リィも、テオドールが（まったく無意識に）とんでもない審美眼を発揮《はっき》するのはよく知っていたので、苦笑しながら、そっと尋ねた。

「それじゃあ、これもそうとう高いんじゃない？」

カトリンは何とも言えない顔で頷《うなず》いた。

「こっちの妖精がグッテンベルク、こっちの蝶々がレニエって人の作品です。ママ・アンヌから名前を聞いたことがあるくらいですから、どっちも骨董宝《こっとうほう》飾品《しょくひん》の世界では相当有名だと思いますよ。お値段は……考えたくないです」

リィはこういう装飾品にはまったく興味がないが、シェラはその技巧《ぎこう》に感心して見入っている。

「見事な細工ですねえ……」

リィも同感だった。

「そうだな。自分で身に付けたいとは思わないけど、よく出来てるのはおれにもわかる。——例によって、テオは値段は全然気にしてない？」

「みたいです。それに……」

他に人がいないのはわかっていても、カトリンは思わず周囲を確認して、声を潜《ひそ》めた。

「夜になると……大きな絵が運ばれてくるんです」

「ああ、あれ？」

リィのほうは屈託《くったく》がない。

「あれはテオの奥さんが気に入っていた絵なんだよ。

店の雰囲気にも合ってるんじゃない？」

「はい。よく映えてます。ただ……」

カトリンは心持ち引きつった顔で、さらに小声で囁《ささや》いた。

「……美術館の掲示板《けいじばん》を見たんです。そうしたら、『暁の天使』は調査・研究のために、しばらく展示時間を短縮《たんしゅく》するってあるんですけど……」

「そうなんだ？」

まったく気にする様子もなく笑っている少年に、カトリンはため息をついた。

自分より何歳も年下なのに、この少年の手強《てごわ》さは半端《はんぱ》ではない。

もっとも、最初から攻略するつもりもなかった。

カトリンはただ、自分や夫の感じている不安感をそのままにしておきたくなかっただけだ。

今の自分たちには幼い娘もいるのだから。

金髪《きんぱつ》の少年は年上の人妻の心を読んだかのように、にっこり笑って頷いて見せた。

「大丈夫だよ。カトリンは何も心配しなくていい。テオがここにいる間だけのことなんだから」

カトリンもちょっと笑って、別のことを訊いた。

「ラヴィーさんって、何者なんですか？」

「ルーファ？」

この少年だけはあの青年をその名前で呼んでいる。リィの答えは明快だった。

「ルーファはおれの相棒だよ」

この点も奇妙と言えば奇妙だった。

中学生が大学生を『相棒』と呼ぶのは珍しい。

カトリンは素朴《そぼく》な疑問をぶつけてみた。

「それを言うならシェラ先輩のほうが年も同じだし、いつも一緒にいるし、『相棒』って感じですけど」

「恐ろしいことをおっしゃらないでください」

わざと震えあがってみせながら、眼だけは真剣に、シェラは中学生とは思えない口調で反論した。

「わたしにはこの人の隣に立てる器量も度胸もありませんから、謹《つつし》んでルウにお任せします。お二人の後方支援がせいぜいです」

　思わず吹き出したカトリンだった。

　せっかくなので、三人はそのまま外に出て、庭を一回りしてみた。

　濃厚な花と緑の匂いが漂《ただよ》っている。

　都心部の屋上にいながら、これはかなりの贅沢《ぜいたく》だ。すぐ眼の前には高層ビルが建っているはずなのに、まったくわからない。

　ただ空間だけが果てしなく広がっている。

　植栽も見事だった。シェラは開けた空間と植物を交互に眺《なが》めて、感心したように言った。

「周りを見渡しても、建物も景色も全然見えない。こんなお庭は初めてです。きっと、こういうお庭を空中庭園と言うのでしょうね」

　カトリンが笑顔で応《こた》える。

「夜になるともっときれいですよ。すごく幻想的で、本当に夜空の中にお庭が浮いているみたいなんです。お客さまにも好評なんですよ」

　リィが首を傾《かし》げる。

「レストランは夜だけの営業だろう。それじゃあ、お客さんたちは昼間の庭は見られないってことか」

　シェラも残念そうだった。

「それはもったいないですね。お昼の庭もこんなに素敵《すてき》ですのに。滞在しているホテルのお客さまには開放していないのでしょうか？」

「はい。今はまだ正式な開業前ですから。ですけど、ポワールさんはその辺も考えているみたいでしたよ。ホテルをオープンした後は、宿泊客なら誰でもこの庭まで上がって来られるようにするみたいでした」

　リィは以前に聞いた話を思い出して言った。

「その時は確か、螺旋階段の上をレストランにして、一階は使わなくなるんだっけ？」

　シェラが感想を述べる。

「あれだけ広い場所を、日中はただ空《あ》けておくのももったいないですね」

　カトリンも同感だったようで、頷いた。

「パーティ会場にする予定だって、ポワールさんは言ってたんですけど、最近は違うことも考えているみたいですよ」

ホテルのオーナーのミシェル・ポワールは若い頃、テオドールと同じ店で働いていたこともあるそうだ。その関係で、テオドールをここに呼んだのである。

ポワールにしてみれば、カトリンは知人の嫁だ。気さくな人柄《ひとがら》なので、そんな世間話も普通にしているのだろう。

「ここは隠《かく》れ家《が》ホテルなので、広いパーティ会場はそもそも需要がないかもしれない。それならいっそ片隅にカウンターをつくって、酒場《バー》と広間《サロン》にしてもいいんじゃないかって」

建物はもう完成して、試験的にとはいえホテルとして稼働しているのに、ずいぶん悠長《ゆうちょう》な話だが、ミシェルにとっても初めて乗り出すホテル事業だ。

彼は既存のホテルとは違う、新しい形のホテルをつくり出そうとしている。およそ一般向けではない価格とサービスを提供する一流ホテルでありながら、他の高級ホテルのような威風堂々《いふうどうどう》とそびえる外観も、贅を尽《つ》くしたロビーも屋内プールもないホテルだ。

客室もしかりで、通常の高級《ラグジュアリー》ホテルに見られる豪奢《ごうしゃ》な内装とは一線を画したつくりになっている。最高級の家具や調度品を使いながら自宅のようにくつろげる雰囲気を優先し、従業員の細やかな接待《サービス》と美味《おい》しい食事を楽しめる、都会の喧《けん》噪《そう》の中にひっそりと佇《たたず》む隠れ家としての場所だ。

こんなホテルは客を選ぶ。注目されることを喜ぶ運動《スポー》選手《ツ》や派手好みの芸能人にはまず好まれない。

充分な財力を持ちながらも目立つことは避けたい企業主や上級管理職、政治家など、そうした激務《げきむ》に追われる人々に、世間の目に煩わされることのない一時《ひととき》の憩《いこ》いの場を提供することが目的なのだ。

この考えを聞いて、リィは納得して言った。

「隠れ家なら、そもそもパーティは必要ないか」

「そうなんです。二階は本当に隠れ家みたいですよ。

全部個室で、八部屋ありますけど、お客さま同士が顔を合わせないように動線も工夫してあるんです。迷路みたいで楽しいですよ」

「後で見せてもらえるかな?」

そんな話をしながら三人は建物の中に戻り、店の入り口から中に入った。卓と椅子が並べられている店内を通り抜けて、奥の厨房に向かう。

途中、リィが不思議そうに言った。

「営業は夜からだよね。もうすぐできあがりそうな牛肉を煮る匂いがしてるんだけど……これでもまだつくりかけなのかな?」

厨房の換気は行き届いているので、料理の匂いが店内まで漂ってくることはまずないのだが、リィの嗅覚《きゅうかく》は常人の比ではない。

シェラが言った。

「じっくり煮込むのは料理の基本ですから」

カトリンが説明した。

「いえ、これはジャイルズさんとバートさんが試作品をつくってるんです」

「ああ、そうか。テオが向こうに帰ったら、二人がここの料理をつくるんだっけ」

リィが頷いて、

「——看板料理を開発中ってところなのかな」

シェラは同情の口調で言った。

「お二人のどちらが料理長になるにせよ、ご主人の後を引き受けるのは大変でしょうね」

カトリンも困ったような顔で頷いた。

「そうなんですよ。何というか……殺気だってます。わたしもヨハンもこの頃、お昼はお二人の試作品をいただいてるんですけど」

「美味しい?」

「はい」

カトリンは少しもためらわずに頷いた。

ただし、その肯定《こうてい》の中には、

(マスターほどではありませんけど)

という心の声が如実《にょじつ》に表れている。

シェラが苦笑しながら言った。

「わたしも多少は料理をするのでわかりますけど、ご主人の真似をするのは無理ですよ」

「はい。シンクレアさんもラドフォードさんも同じことを言ってました。何より、マスター自身がそう言ってます。『一番煎《せん》じじゃあ意味がねえ』って」

三人が厨房に入って行くと、既に若手の料理人が揃《そろ》って働いていた。

大量の食材を洗う者、ひたすら食材の皮を剝《む》く者、火に掛かった鍋《なべ》の様子を見る者、使った調理器具をきれいにする者など様々だ。パン担当、菓子担当の職人も既に自分の持ち場で働いている。

彼らの中心にテオドールがいる。

料理長の彼は本来、若手に指示を出す立場だが、器用に言葉が使える人ではない。

テオドールの傍《そば》にはヨハンがいて、父親の意思を読み取って、若い料理人に指示を出している。

そんな中、ジャイルズとバートだけは別の作業をしていた。

カトリンが言ったように、二人とも必死の形相で、迂闊《うかつ》に声などかけられない雰囲気である。

リィは完全に見物の姿勢だが、シェラはどこから手伝おうかと少し考えた。

その時、二人の後ろからルウが入って来た。

「こんにちは」

リィとシェラもそうだったが、従業員用の昇降機ではなく、こうして店の入り口から入ってくる。

それは彼らが一応、客という身分だからだ。

ルウは相棒とシェラに笑いかけてきた。

「――ずいぶん早いね」

「そっちは？　今来たのか」

「うん。――ちょっと課題に手こずって」

ルウの本業は大学生だ。中学生の二人より融通《ゆうずう》は利《き》くものの、学業をおろそかにはできない。

「何とか片付けてきたから、週末はずっとこっちにいられるよ」

持参のエプロンを身につけながらシェラが尋ねる。

「鬼林檎《おにりんご》はどうなりました？」

ルウも同様にエプロンを掛けながら首を振った。

「それが、まだ全然だめ。手強いよ」

厨房の中で、明らかに違う作業をしている料理長候補の二人を見て、カトリンに問いかける。

「——あれは新作料理をつくっているのかな？」

「はい。お二人ともこのところ必死です」

一方、シェラは別のことが気になったらしい。

声を潜めて、カトリンにそっと問いかけた。

「ずいぶん材料費のかかった試作品のようですけど、いいんですか？」

売り物として客に出す料理ではないのだ。二人は店の材料を無駄《むだ》に消費していることになる。普通の飲食店では許されないことだが、カトリンが答える前にルウが言った。

「いいんじゃないかな。店の看板料理をつくろうとしているわけだし、ポワールさんは材料費のことは気にしてないと思うよ。あの二人が一人前になってくれることが肝心《かんじん》だからね」

カトリンが答える。

「その通りです。ポワールさんは何か必要な材料があるなら取り寄せるとまで言ってくれてます」

「一人前って言うけど……」

リィが不思議そうに言ったものだ。

「二人とも次の料理長候補になるくらいなんだから、もともと、ちゃんと一人前なんじゃないのか？」

ルウとシェラが揃って苦笑する。

「それはそうなんだけどねえ……」

「あなたは料理をなさらないから、おわかりにならない。普通の一人前では、あのご主人の後を継《つ》いでお店を仕切ったりはできないということでしょう」

「だからって無理に背伸びする必要もないけど」

「たぶん、お二人とも、ご自分の技倆《ぎりょう》に相当自信があったのでしょうね。——ここへ来るまでは」

優しげな容貌と口調でも、声の温度は少し冷たい。

鼻《はな》っ柱《ぱしら》を見事にへし折られたのだろうと言いたげな銀の天使に、ルウも同意して頷いた。

「テオドールさんの前で、自信満々でいられる料理人はいないよ。能力向上《スキルアップ》に一生懸命《いっしょうけんめい》なんだろうね」

リィはため息をついて、肩《かた》をすくめた。

「……料理の世界も大変なんだな。——ルーファは彼らの試作品を食べた？」

「ううん。このところ時間ぎりぎりだったからね。まだ食べてない」

答えて、ルウはカトリンに尋ねた。

「今までの試食で、テオドールさんは二人の料理について何か言ってる？」

カトリンは首を振った。

「——何も。マスターはいつも黙ってます」

シェラが苦笑して、ちょっと身震いする。

「それは怖《こわ》いですね……」

ルウも困ったように笑っている。

「何も言われないのを『だめ出しされない分、まだましだ』って肯定的に捕らえるのと『自分の料理は批評してもらえる値打ちもないのか』って否定的《ひていてき》に捕らえるかは人それぞれだけど」

「お二人はどちらなんですか？」

シェラに尋ねられて、カトリンは慎重《しんちょう》に答えた。

「……マスターに何も感想を言ってもらえないのはがっかりだけど、落ち込んでいる暇はないんだって自分を奮《ふる》い立《た》たせている。そんなふうに見えます」

そんな話をしている間に、ジャイルズとバートの料理ができあがったらしい。それぞれ皿に盛りつけ、テオドールを探して顔を上げたが、ルウがいるのを見つけて、揃って頷いてみせた。

テオドールに声をかけてくれ、という合図である。

こちらを見た二人の表情は真剣そのものだ。

ルウは彼らを励《はげ》ますように頷きを返すと、相手の様子を見計らって声をかけた。

「テオドールさん。味見をお願いできますか」

面倒くさそうにしながらも、テオドールが素直に振り返ったので、父の横で作業をしていたヨハンはあらためて感謝の眼差しをルウに向けた。

実の息子ながら、この父親の扱いには手を焼いているのである。ヨハンの知る限り、調理中の父親に平気で声をかけられたのは亡くなった母親だけだが、ルウはもちろん、リィもシェラも平気でその難事をやってのける。この時も、三人とも臆《おく》することなく、テオドールと一緒に試作品に近づいた。

バートの料理は白身魚の蒸《む》し焼《や》き、ジャイルズは牛肉の赤ワイン煮込みである。

シェラは食事はきちんと食べたい性分だったので、できあがった料理を店内の卓まで運ぼうとしたが、テオドールは厨房から出る気はなかったらしい。

まずはバートの魚料理を一切れ、無造作に摑《つか》んで口へ持っていった。彼がそれを味わっている間に、ルウがさりげなくテオドールに匙《さじ》を差し出した。

赤ワインで煮込んだ牛肉を手づかみで食べるのは無理があると思ったからだ。

テオドールは無言で匙を受け取り、牛肉と濃厚なソースを味わい、ルウを見て言った。

「食ってみろ」

「いただきます」

ルウは素直に手を合わせ、横からリィが言った。

「おれもいいかな。考えてみたら二人の料理はまだ食べたことがない」

テオドールが口を開く前にルウが答える。

「感想を言う人は多いほうがいいからね。シェラも食べてごらんよ」

「はい。いただきます」

そんなわけで三人も肉刺《フォーク》と匙を取り、白身魚と牛肉を口に運んだが、ジャイルズとバートは彼らには注目せず、ひたすらテオドールを見つめている。

すがるような、どこか必死の面持ちだった。

ルウとシェラは試作品を味わって、首をひねった。

充分に美味しいと評価できる味である。これなら立派に売り物になる。しかし、言い換えれば、この程度の料理を出す店なら他にいくらでもある。

二人と違って料理をやらないリィは率直だった。

一口ずつ味わって、テオドールに問いかけた。

「テオにとって美味しい料理ってどういうもの？」

この厨房で働く者全員が『料理の神さま』と憚《はばか》る相手に恐れ知らずに尋ねる少年に、息子のヨハンはもちろん、ジャイルズもバートも息を呑《の》んだ。

若手の料理人たちも作業の手こそ止めなかったが、ぎくりとした様子で、聞き耳をたてている。

緊張感《きんちょうかん》を持ってテオドールの答えを待ったが、彼はあっさり言った。

「もういっぺん食いたくなるかどうかだ」

ルウとシェラがおもむろに頷いた。

「真理だね」

「ですね」

再びリィが尋ねる。

「だけどさ、何をもう一度食べたいかは人によって違うよね」

「当たり前だ」

テオドールはぶっきらぼうに肯定した。

「料理には好みってもんがある。こればっかりは、どうしようもねえ」

「テオはそういう時、相手の好みに合わせてる？」

「できる限りはな」

「できない時もある？」

テオドールの顔に刻まれた皺《しわ》がいっそう深くなり、ほとんど唸《うな》るように言ったものだ。

「……いつもできたら苦労はねえ」

ジャイルズとバートははらはらしながらも真剣にテオドールの言葉を聞いている。

「ちっとも苦労しているようには見えないお料理をつくれるのが、テオドールさんのすごいところですけどね」

ルウが笑って、相棒に言った。

「――ありがとう、エディ。違和感の正体がわかったよ」

「わたしもです」

シェラも頷いた。

「お二人のお料理は充分に美味しくできています。このお料理でしたら、堂々とお客さまにお出しして、お代をいただけると思います。ですけど……」

ルウが頷いて続ける。

「料理屋さんで時々あるよね。美味しいんだけど、一度食べれば充分かなって思うお店。材料も一流、長年修業した人が丁寧につくっているのもわかる。それなのに、あんまり印象に残らないっていうか、積極的にもう一度食べたいとは思わない」

「……はっきり言ってくれる」

ジャイルズが思わずぼやき、バートも、ぼそっと愚痴《ぐち》をこぼした。

「……否定はできないよ。料理には驚きがないと。問題は、どうして印象に残らないかなんだ」

「だよね」

ルウは頷いて、

「テオドールさんのお料理ならこんなことはない。ただの卵の雑炊《ぞうすい》だって、震えるほど美味しかった。思い出すだけでお腹が空《す》いてくるもんね」

これに金銀天使が反応した。

「なんだそれ？　おれは知らないぞ」

「わたしも食べた覚えはありません」

「初日のまかないに出してもらったんだよ」

二人とも盛大に不満を訴《うった》えた。

「ずるいなあ……。こっちは学校があるってのに」

「そうですよ。ご主人。今度はぜひ、わたしたちにもお願いします」

ジャイルズとバートが苦笑しながら釘を刺す。

「言わせてもらうけどな。俺たちを料理長と比べられても困るんだ」

「そうだよ。普通の材料を使ってあれだけの驚きを演出するのは至難《しなん》の業《わざ》なんだよ。料理長には簡単にできることだけどね」

リィが言った。

「テオと同じことをやる必要はないよ。――けどさ、かけ離れていても困るんだろう？」

痛いところを突かれて、二人とも沈黙してしまう。

金髪の少年は今度は相棒に問いかけた。

「美味しいのに印象に残らないのはどうしてなんだ。単に好みが違うから――だけじゃないよな？」

「違うと思うよ。調理の技術と料理の感覚《センス》は別ってことなんじゃない？」

「それだと、ジャイルズとバートに料理する才能がないってことになっちゃうけど？」

二人はさすがに血相を変えて抗議しようとしたが、その前にルウは首を振った。

「そんなはずはないよ。ぼくはこの前、チャールズさんとザックさんのお料理を食べた。彼らはあの二人の一番弟子なんだよ。あの人たちが自信を持って送り込んだ人材に才能がないわけがない」

ジャイルズは拳《こぶし》を握りしめ、絶望的な表情で天を仰《あお》いだ。

バートはきつく唇《くちびる》を噛《か》みしめて、うつむいた。

奇《く》しくもルウのその言葉こそ、今の二人が唯一の心の支えとしているものだった。

チャールズもザックも、料理に関してはいっさい妥協《だきょう》はしない。弟子の技倆に関してもだ。

師匠《ししょう》が、先生が、自分たちをこの職場に推薦《すいせん》してくれたのだ。その一事だけが、二人の弟子の今にも折れそうな心と、逃げ出しそうになる足をこの場につなぎ止めている。

そんな二人にシェラが優しく問いかけた。

「今までも試作品をおつくりになったと思いますが、先生方には食べてもらったんですか？」

二人は無念そうに首を振った。

「先生は忙しいから……」

「同じ店にいるならともかく、そうたびたび師匠を呼び出すわけにはいかないよ」

本当なら、その役目はテオドールが負うべきだが、人には向き不向きというものがある。

今も、二人の試作品には既に興味を失ったようで、唐突《とうとつ》に言った。

「鹿が来た」

独《ひと》り言《ごと》のような呟《つぶや》きに、リィがすかさず問い返す。

「聞いたよ。今捌《さば》く？」

バートとジャイルズが眼を見張った。

若手の料理人たちも驚いたようで、思わず作業の手を止めて、いっせいにこちらを見た。

無理もない。彼らはリィの手際《てぎわ》を見ていないのだ。こんな子どもに野生動物の解体などできるのかと思っているのだろう。

一方、既に見ていたヨハンは心得たものだった。

「ヴィッキーが来てくれて助かったよ。あんな大物、俺じゃあ時間が掛かっていけない」

いそいそと食料庫から自走式の大きな保管容器を運んでくる。

この調理場の一角には大型の獣肉《じゅうにく》を捌ける場所がちゃんと設けてある。そこに容器を固定し、足を伸ばして容器の高さを調節し、蓋《ふた》を開けて広げると、そのまま作業台になる。

中に納まっていたのはまだ若い鹿だった。

とはいえ、大きい。七、八十キロはあるだろう。

頭を落として、内臓《ないぞう》も抜いてあるが、まだ毛皮もついているし、脚の蹄《ひづめ》もそのままだ。こんなものは間違っても中学生の少年の手に負えるものではない。

しかし、リィは笑顔で言った。

「包丁《ほうちょう》借りるね」

前の時と同じように小型の包丁を一本抜き取り、自分よりも巨大な鹿肉に臆せず近づいて、ちょっと首を傾げた。

裂《さ》いた腹の部分に顔を寄せ、肉の匂いを嗅《か》いで、リィは不思議そうに言ったのである。

「これ、本当に野生の鹿？」

自分の作業に戻ろうとしていたテオドールの足が止まった。振り返って、真剣な口調で言った。

「……飼われてる鹿なんざいねえ」

リィも真面目に頷いた。

「おれもそう思うけど……味見していい？」

テオドールは黙っている。

その沈黙を肯定の意味だと正しく理解したリィは、持っていた包丁で腹のあたりの肉を薄く切り取ると、生のまま無造作に口に放り込んだ。

「やっぱりだ。これ、何か飼料を食べてるよ」

ジャイルズとバートにはリィが何を言っているかわからないようで、ぽかんとしている。

代わりに、ヨハンが苦笑しながら問いかけた。

「すごいな、ヴィッキーは。わかるのかい？」

「そりゃあわかるよ。牛や豚《ぶた》みたいな味がする」

「いやいや！　それじゃあ普通に味音痴だろう」

ヨハンが慌《あわ》てて否定する。ジャイルズもバートも呆《あき》れたように言ったものだ。

「鹿肉を牛や豚と一緒にするなよ」

「共通点があるとしたら、獣肉ってことだけだ」

中学生の少年は首を振った。

「肉の味は食べるものと環境で変わるってことだよ。おれは料理はやらないけど、こんなのは基本中の基本だぞ。アガサさんの鶏《とり》は飼われてる家畜《かちく》だけど、野生みたいな味がする。あの人は鶏にほとんど餌《えさ》はやらないって言ってた。鶏は自由に外に出て、その辺の草や虫を食べてるからそうなる。これはその逆。鹿なんて、みんな野生のはずなのに、家畜みたいな味がする」

ヨハンはまだあっけにとられている。

ジャイルズとバートは露骨《ろこつ》に胡散《うさん》くさそうな眼をリィに向けていた。ルウとシェラに関しては厨房に手伝いに入っていたから料理の腕前は知っているが、この少年は前回の試食会では給仕係を務めていた。

自分で言っているように料理はやらないはずだ。

ジャイルズが疑わしげに言う。

「何を食べていようと、鹿は鹿だろう」

「カトリンが狩猟肉って言ったからさ。鶏でも何でも、飼われてるのを絞めたやつは狩猟肉とは言わないだろう。野生のを銃で撃ったり、罠《わな》で獲《と》ったりしたものを狩猟肉って言うんだと思ってたけど」

「………」

「家畜ならだいたい同じ味になるけど、野生の肉は個体差が大きいんだ。産地や発育状態でも全然違う。何より家畜用の飼料を食べていない本来の鹿なら、こんな味にはならないよ」

テオドールが小型の包丁を取った。

自分も鹿の肉を薄く切り取り、生のままじっくり味わうと、無言で食料庫に向かった。

戻ってきた時には冷蔵庫から取り出した丸ごとの鴨《かも》を二羽、持っていた。

羽をむしって、首と足を落としてある。よく見る七面鳥の丸焼きの焼く前の姿のような鴨肉である。

鹿とは別の作業台に二羽の鴨肉を並べて置くと、テオドールはリィに尋ねた。

「違いがわかるか」

少なくとも、横で見ていたヨハンにはこの二羽の違いはわからなかった。

ジャイルズにもバートにもだ。

大きさも色もほとんど同じに見えるから当然だが、リィは匂いを嗅いで、すぐに言った。

「取れた場所が違う。こっちは潮の匂いがするから海の近くだな。ほとんど海草を食べてる。こっちは野原か山裾《やますそ》かな。水草や淡水の貝を食べてる」

今度はバートが馬鹿《ばか》にする口調で言った。

「きみはいったい、何を根拠《こんきょ》に、そんな突拍子《とっぴょうし》もないことを言ってるんだ?」

料理人でもないこんな子どもが何を適当なことを言うのかと思ったに違いない。

しかし、テオドールは真顔だった。戸棚に向かい、作業中はそこにしまっている携帯端末を取り出すと、どこかの番号に掛けた。

厨房中がテオドールの行動を見守っている。

やがて相手が出たのだろう。テオドールは唐突に言葉を発した。

「──どこで獲ったやつだ？」

これだけでわかってもらえるとは到底思えないが、奇跡的に、相手はテオドールが何を訊いているかを理解して、答えてくれたらしい。

テオドールはリィを振り返って言った。

「──山の中で獲ったと言ってる」

金髪の少年は苦笑しながら肩をすくめた。

「山は山でも、里山なんじゃない？」

「………………」

「人家があるなら、飼料《しりょう》穀物《こくもつ》の畑だってあるかもしれない。牧草地かもしれないな。普通、そういうところには害獣よけの仕掛けがしてあるはずだけど、山にいる鹿でも、しょっちゅう家の近くまで来て、飼料を食べて山に帰っていたら、家畜みたいな味になるよ。食べ物に全然苦労してないんだから」

「………………」

「人家の傍で狩猟なんか普通はできないはずだから、罠で獲ったのかな？」

テオドールは再び端末に向かって短く言った。

「──どうなんだ？」

と言われても、相手も戸惑《とまど》ったに違いない。

今のリィの言葉をもう一度説明する必要があるが、テオドールはそんな手間は掛けなかった。

簡潔《かんけつ》に言った。

「こいつは、家畜みたいな味がするそうだ。うちの肉の親方がそう言ってる」

ジャイルズとバートが眼を剝いた。

ほとんど悲鳴をあげる寸前の表情だ。

若手の料理人たちも完全に絶句して、一人などは皮を剝いていた根菜を取り落とした。

ヨハンもカトリンも愕然《がくぜん》としている。

「……お？」

「おやかた──⁉」

驚かなかったのは三人だけだ。

ルウとシェラはさもありなんと頷き、当の本人はおもしろそうに首を傾げている。

「おれのことかな？」

何とも言えない沈黙が厨房を満たした。

その間も端末の向こうの相手は話を続けている。

テオドールはしばらく真剣に耳を傾《かたむ》けていたが、やがて頷いた。

「——それでいい。送ってくれ」

通話を切って、テオドールはリィに言った。

「——近くないところに牧場をやってる家がある」

リィは再び苦笑した。

「……距離が問題なんだけど、たぶん、それだな」

今まで黙っていたルウが言った。

「鹿の行動範囲って結構、広いからね。——狩猟ができるってことは、その猟師さんの地元は南大陸で、今は秋なのかな」

シェラが感心したように言う。

「ここは初夏なのに、違う季節の食材も簡単に手に入るんですから、便利ですねえ」

「簡単ではないよ。それなりに輸送費も掛かるけど、その日のうちに送れるのは確かだね」

「充分、便利ですよ。それにしても、不思議ですね。秋の山なら食べ物に不自由しないはずなのに……」

「エディが言うように、楽に食べられる手段として、飼料の味を覚えちゃったのかもしれないね」

「ですけど、こちらの飼料穀物は栄養豊富ですから、却《かえ》って味がよくなっているかもしれませんよ」

リィも同意した。

「それこそ好みだよな。おれはもっと野性味のある肉のほうが好きなんだ。——テオ、送ってくれって言ってたけど、新しい鹿が来るの？」

「ああ。——今度のは間違いなく山奥だそうだ」

「別のが来るなら、この鹿はどうする。使う？」

「——使う」

「じゃあ、ばらしとく」

リィはさっそく作業に入った。

自分の身体より大きな鹿なのに、寝かせた状態で皮を剝《は》ぐのは大の男でも相当苦労するのに、果物の皮でも剥《む》くような容易《たやす》さで一《ひと》つながりの皮を一枚、きれいに剝《は》いでしまい、続いて肉に取りかかる。

鼻歌でも歌いそうな気楽な様子だったが、包丁の使い方にまったく危なげがない。

恐ろしく的確で、信じられないほど早い。

ヨハン以外の料理人は初めて見る中学生の少年の技《わざ》に愕然としていた。あっという間に前脚を外し、後ろ脚を外し、背骨の肉を外していくのだ。

ジャイルズは肉料理を得意とする『ザック・ラドフォード』で長年修業を積んできた。

狩猟肉の扱いにも多少自信があるが、到底こんな真似はできない。

店に入荷する狩猟肉は既に部位毎《ぶいごと》に分かれている場合がほとんどだからだ。

修業の一環として、これと同じような鹿を一頭、丸ごと捌いた経験もあるにはあるのだが、料理長に何度も指示を仰ぎ、他の料理人とも協力しながら、何とかこなした記憶がある。まさに悪戦苦闘だった。

比べて、この少年の手つきの鮮やかさときたら、本職の猟師も顔負けである。

若手の料理人たちは呆然《ぼうぜん》と突っ立って見ていたが、テオドールが後ろ脚を一本取り上げてリィに言った。

「切り分けられるか？」

「筋肉の境目で分ければいいのかな？」

「そうだ」

簡単に言ってくれるが、素人目《しろうとめ》には単なる生肉の塊《かたまり》である。

どこがどの部分かなど見極めがつかない。

しかし、少年はろくに肉を見ようともしなかった。

至って無造作に、軽く刃先を入れる。それだけで、すっと肉が分かれていく。筋肉の付き方や、筋膜《きんまく》の位置を熟知していなくては不可能なことだった。

この少年がこうした作業に慣れていることは疑う余地がない。それも達人級だ。

切り分けた肉の塊はルウとシェラが平《たい》らな容器にそれぞれ移していったが、テオドールはその容器の一つを指して言った。

「そいつは煮込む」

料理をする二人は意外そうに尋ねた。

「もも肉の一番いいところなのに？」

「ステーキにはしないんですか？」

「しねえ」

いつものように短く言ったテオドールだったが、極めて珍しいことに、理由を説明した。

「俺は親方と違って何を食ってたかはわからねえが……その肉は、焼いてもうまくねえ」

それだけで、ルウとシェラは納得した。

「確かに。ステーキにするなら野性味のある鹿肉のほうがいいもんね」

「ですけど、これもいいお肉ですから。煮込めば、美味しいシチューができますよ」

その間も、リィは手際よく解体を続けていたが、ちょっと首を傾げて言ったものだ。

「肉の親方って言うのは違うんじゃないか？」

テオドールが真顔で反論する。

「何が違う？」

「学校で特殊な職業、専門的な職業について習ったことがあるんだよ。肉の親方って言ったら、普通はハムやベーコンをつくる資格を持った職人のことを言うはずなんだ。おれは加工はできないからね」

「かまやしねえ。肉に詳しいのは間違いねえんだ」

それを聞いたヨハンがおそるおそる、二羽の鴨を指して尋ねた。

「……親父。この鴨、本当に産地が違うのか？」

「違う。——だから、味付けを変える」

若手の料理人たちは驚愕の眼でテオドールを見、リィを見たが、本人は笑って頷いている。

「当然だな。もとの味が違うんだから。——おれは料理はできないからさ、どんな味付けをすれば肉が美味しくなるのか、さっぱりだ」

だから『肉の親方』じゃないよと言うのだろうが、テオドールは引き下がらない。

「じゃあ、刃物の親方か？」

「それもどうかなあ？　その言い方だと、なんだか包丁をつくる職人みたいに聞こえるよ」

「でなければ刀《かたな》鍛冶《かじ》だよね」

ルウが笑って言ったが、テオドールは別のことを訊いてきた。

「魚は？」

　とことん言葉に不自由している人である。

　しかし、リィもテオドールと話せる希有《けう》な一人だ。今のは『魚は捌けるのか』という意味だと正確に理解して問い返した。

「やったことないけど……鱗《うろこ》を削《そ》いで頭を落として内臓抜いて、身を骨から離せばいいのかな？」

　ルウとシェラが頷いた。

「基本だね」

「基本の三枚下ろしですね」

　だからこそ、難しい。

上手《じょうず》な素人が下ろした魚と、本職の調理人が下ろした魚とでは、違いは歴然としている。

　ルウは料理の素人だという相棒を無条件に信じて言った。

「やってみれば、たぶん、きれいにできるはずだよ。エディは切るのが本職だから」

「野菜は切れないぞ。切ったことがない」

　大まじめにリィは言って、付け足した。

「普通に切るだけならできるだろうけど、シェラやルーファがやってるような野菜を美味しく料理する切り方はできないし、知らないからな」

「じゃあ、やっぱり肉の親方でいいんじゃない？」

　リィは諦《あきら》めて肩をすくめた。

「……まあ、肉を切るだけなら得意だけど」

　その言葉どおり、少年は自分の身体よりも大きな鹿をどんどん解体していく。

　まるで魔法か、早送りの映像のようだった。

　そのくらい鮮やかな作業に、ヨハンがあらためて感心している。

「猟師が解体するところを見学したことがあるけど、ヴィッキーのほうがずっと手際がいいな。――全然散らからないし、切った肉もすごくきれいだし」

「痛めたら味が落ちるじゃないか」

下ごしらえに戻ろうとしたテオドールが言った。

「――親方。後で猪《いのしし》も頼む」

リィは顔を輝かせた。

「猪があるんだ。前にテオの店で食べた猪もすごく美味しかったもんな」

シェラもルウも笑顔で嬉《うれ》しそうに言ったものだ。

「あれこそ忘れられない味です。楽しみですねえ」

「今度こそ一食分、確保しないと」

さらにシェラはきれいに剝がれた鹿の皮を取って、テオドールに問いかけた。

「ご主人、これをもらってもいいですか？」

「……皮は食えねえぞ」

「食べませんよ。学校の宿題に使うんです」

リィが反応した。

「あの課題か？」

「はい。鞄《かばん》かお財布《さいふ》をつくろうと思って」

生《なま》の鹿皮からそんな完成形がつくれるのか――と、ヨハンは驚いたが、ルウは別の疑問を口にした。

「今から鞣《なめ》したら相当時間掛かるんじゃない？」

「大丈夫ですよ。提出期限は二カ月先なんです」

「ああ、それなら間に合うけど……鞣したばかりの革でしょ。お財布にまでできるかな？」

「はい。それは革の状態を見て決めます。もし間に合わないようでしたら鞣《なめ》し革《がわ》の状態で提出しますよ。それでも及第は取れるはずですから」

「何の宿題なの？」

「技術・家庭です」

ヨハンはますます面食らった。

「なんか……すごく、かけ離れてないか？」

ルウも苦笑しながら言う。

「そうでもないよ。皮を鞣すのも技術には違いない。上手な人と慣れてない人では出来映えに差が出る。

──シェラは鞣しに自信があるんだよね」

「はい」

シェラは平然と頷いて、説明した。

「提出物の条件は、持ち運べる大きさであること、自分の手でつくった『作品』であることなんです。材料や道具があらかじめ揃っている手芸一式《キット》でも、プラスチック・モデルでも認められるそうですが、その場合は塗装まで行うことが条件で、ただ部品を組み立てただけのものは不可です。それだと作品の個性が出にくいからという理由でした。この条件に該当していれば手芸や木工でも、彫刻《ちょうこく》や彫金でも、分野は問わないんです」

自分の手で鞣した革なら立派な作品だとシェラは言い、ヨハンはしきりと感心している。

「今時の中学校はすごい宿題を出すんだな……」

リィも頷いて言った。

「おれもあの宿題、どうしようかと思ってたんだ。もう一頭来るなら、そっちの皮はおれがもらって、毛皮にしてみよう。──テオ、猪は急ぐ？」

テオドールは無言で首を振り、リィは少しも手を止めずに訊いた。

「それじゃあ、ばらす前に、皮鞣しに必要なものを買ってきたいんだけど、いいかな」

「……好きにしろ」

てきぱきと作業しながら、リィとシェラは今後の工程について話し合った。

「鞣し剤の他に、洗《あら》い桶《おけ》が要《い》りますね。骨の加工に使う道具も揃えたいです」

「肝心なのは作業をする場所を確保することだよな。ここじゃあ無理だし……」

「ホテルのお部屋でも、さすがにまずいですよね」

「屋上も──この店が建ってるから無理だろうし。いっそのこと連邦大学まで持ち帰るか？」

ルウが笑いながら口を挟んだ。

「寮の部屋じゃあ、なおまずいでしょ。──適当な場所がないか、ポワールさんに訊いてみるよ」

カトリンが感心しきりの口調で言う。

「すごいですねえ。シェラ先輩もヴィッキー先輩も。皮を鞣したりできるんですか？」

「はい。ここには手頃な鞣し剤がありますから」

「こんな大きな一枚皮はなかなか手に入らないし、捨てるのはもったいないもんな」

「あなたが剝いだのだから、傷一つありませんしね。下手《へた》な人だと皮を傷だらけにしてしまって使い物にならなくなります。——ご主人、この骨ももらっていいでしょうか」

「……出汁《だし》を取った後ならな」

「はい。むしろそのほうがありがたいです」

「……出《だ》し殻《がら》は食えねえぞ」

「食べませんよ。それで装飾品《アクセサリー》をつくるんです」

ここは料理店のはずだ——と若手の料理人たちは揃って呆然としていた。

金髪の子も銀髪の子も天使のような美少年なのに、見た目を裏切って、とんでもなく野性的《ワイルド》である。

この年頃の子どもなら——特に都会育ちの子なら、腹を割《さ》かれ、頭を落とされた鹿の死骸《しがい》を見ただけで尻込みしてもおかしくないのに、二人とも驚くほど冷静だった。眼の前の鹿を貴重な資源だと認識して、余《あま》すところなく使おうとしている。

「鹿の角をネックレスにしたのは前に民族工芸展で見たことあるけど、骨を使うの？」

ルウが尋ねると、シェラは笑って頷いた。

「ええ。頭があったら角をもらっていったんですが、骨でもできます」

リィが嬉しそうに言う。

「おれは鹿の骨のスープが楽しみだ。こっちにいる間に食べられるかな」

料理上手な黒と銀の天使が疑問を呈《てい》する。

「それはちょっと無理なんじゃない？」

「はい。そんなにすぐにはできません。数日煮込む必要がありますから」

「ええ？　来週まで残ってるかなあ……」

そんな話をしている間に作業台の上は空《から》になった。七、八十キロの巨体は跡形もなく解体され、肉はそれぞれの部位に分けられて容器に入れられ、皮は銀髪の少年がいったん冷凍庫にしまい、大量の骨はヨハンが集めてさっそく煮始めている。

空いた作業台を、カトリンが片付けた。

彼女は料理人ではないが、連邦大学の店では雑用全般を担当している。言われなくても、何をすればいいのか飲み込んでいるのだ。

空になった保管容器を隅々まできれいに掃除《そうじ》して、従業員用の昇降機の傍に移動させた。

後で送り返すためだ。

肉の始末が終わると、二人の少年と黒髪の青年は買い物に行くと言って、いったん厨房を出て行った。

ちなみに、青年は付き添いである。

「二人ともこの辺に土地勘《とちかん》ないでしょ。携帯端末も持ってないし。一緒に行くよ。——ぼくたちの分のお昼は用意しなくていいですからね」

「うん。どのくらい時間掛かるかわからないから、外で食べてくるよ」

若手の料理人たちはまだ呆気《あっけ》にとられていたが、いつまでも惚《ほう》けてはいられない。

慌てて自分の作業に戻りはしたものの、どの顔も動揺《どうよう》を隠しきれないでいる。

自分たちは一応本職の料理人で、相手は中学生だ。憚る必要はどこにもないはずなのに、さっき見た少年の包丁使いが、あの魔法のような手際の良さが脳裏から消えてくれない。

包丁を持って十年近い自分たちより、間違いなく肉の扱い方も包丁の使い方も上手だった。

それも格段にだ。ではいったい、今までの修業は何だったのかと思わせられる。

料理長候補二人の受けた衝撃《しょうげき》は特にひどかった。

試作品を兼ねた昼食をつくりながら——仕事中に私用で携帯端末を使うのは、本当はいけないのだが——とても黙っていられずに、それぞれの師匠宛に通信文を送信した。

しかし、彼らが慌ただしく打った文章は、二人の激《はげ》しい衝撃と動揺をそのまま表し、揃って著《いちじる》しく説明不足の内容になった。

「料理長が親方って呼んでます!」

二人とも店があるからすぐには動けないだろうが、こんな大ニュースを知らせないわけにはいかない。

あの少年は料理はやらないと自分で言っている。ただ獣肉を解体するだけなら『解体専門職人』と言うべきだが、それは違うと二人とも思っていた。

少なくとも刃物の使い方に関しては自分たちより遥《はる》かに腕がたつのは間違いない。

この店へ来てから、これまで厳《きび》しい修業を積み、腕を磨《みが》いてきたという自信が木端微塵《こっぱみじん》に吹き飛び続けているが、今度は中学生の少年である。

ジャイルズもバートも常にもまして苦悩しながら試作品に取り組んだ。完成したので、全員で食堂に移動して早めの昼食をとる。


ヨハンとカトリンも食卓に着いて、二人の料理を味わった。

「へえ、変わった香辛料《こうしんりょう》を使ってるんだね」

「こっちのお魚もあっさりしてて美味しい」

若手の料理人たちも遠慮《えんりょ》なく、料理長候補二人がつくった試作品の感想を言い合っている。

「うん。美味《うま》い」

「あの子たちの言うとおり、充分いけるよ。立派に主菜《メイン》になるんじゃないか」

「むしろ、レベルは相当高いぜ。そんじょそこらの店じゃあ、この料理は出せないだろう」

決して世辞や追従《ついしょう》で言っているのではなかった。

二人の料理が『売り物になる』水準に達していることは疑う余地がない。

しかし、ジャイルズもバートもそれでは満足していないし、満足するわけにもいかないのだ。

ジャイルズがその心境を思わずこぼした。

「下を見てどうするんだよ……」

バートも苦い表情で、ぼそっと呟く。

「……だからって、上を見ても……」

競争相手でもある同僚が何を言おうとしたのかを察して、ジャイルズも重苦しい表情で黙り込んだ。

チャールズは『とてつもない巨峰』だと言ったが、自分たちにしてみれば『絶望的な崖《がけ》』だ。

到達はかなわぬまでも、至高の目標として畏敬《いけい》と憧憬《しょうけい》を持って正面から見上げるのと、無力感と劣《れっ》等感《とうかん》に打ちのめされ、ただただ圧倒されて正視することもできないのとでは話がまるで違う。

自分には度量も器《うつわ》もないと思い知らされるようで、それも二人の焦燥《しょうそう》と鬱屈《うっくつ》に拍車《はくしゃ》を掛けている。

沈黙してしまった料理長候補二人に、他の若手は気の毒そうな眼を向けていた。

ここ連日テオドールのつくったまかないを食べているだけに、二人の心境が痛いほどわかるのだ。

他の料理店では、まかないをつくるのは見習いの仕事だが、ここでは料理長自ら、給仕係の分も含めたまかないを開店前につくって振る舞っている。

必然的に、自分たちの舌《した》はどんどん肥《こ》えていく。

早めの昼食を済ませて、後片付けをしている時、若手の一人ルパートは、こっそりアドルフに囁いた。

「……あの二人の立場でなくてよかったと思うよ」

「……俺もだ。考えただけで胃が痛くなる」

他の面々もまったく同感だった。

今の二人が感じている焦燥も、のしかかっている重圧も、想像を絶するものがあるはずだ。はっきり言って同じ立場に立たされたら神経が保《も》たない。

昼食後は、ジャイルズもバートも試作品づくりを中断して、夜の献立《こんだて》の準備に取りかかった。

ジャイルズは肉料理に使うソースの出汁を取り、バートも魚の下処理のために、今朝届いたばかりの大きな魚を丸ごと一匹《いっぴき》、流しの上の作業台に載せて、尾びれの付け根に切り込みを入れようとした。

その時、聞き覚えのある、しかし非常な緊迫感を伴《ともな》った声がした。

「失礼致します」

「先生……」

厨房に現れたチャールズは顔色が変わっていた。

少し呼吸も乱れているようで、洒落者《しゃれもの》のこの人がここまで取り乱すのは珍しい。

原因はもちろん、先程弟子が送った通信文だ。

チャールズは素早く厨房を見渡したものの、それらしい人物が誰もいないのを見て訝《いぶか》しげな顔になり、弟子に問いかけの眼差しを向けてきた。

どう説明すればいいのか、バートも困惑しながら口を開こうとした時、少年たちが戻って来た。

味気ない厨房が一気に華やかになる。

「ただいま。――いらっしゃい、チャールズさん。お店は大丈夫なんですか?」

ルウが尋ねると、少年たちも笑顔で挨拶《あいさつ》した。

「こんにちは、チャーリーおじさん」

「先日のお魚料理は本当に美味しかったです」

「……ありがとうございます」

チャールズは気もそぞろだったが、もともと礼儀《れいぎ》正しい人なので、少年たちにも丁寧に挨拶した後、ルウに問いかけた。

「先程、バートくんから連絡があって、テオ先生の親方がお見えになったとのことですが……」

ルウはシェラと顔を見合わせて笑いを噛み殺し、リィは苦笑して肩をすくめた。

「全然言葉が足りてないよ。あれは……」

そこに大きな足音とともに、大きな人が登場した。

「お邪魔します!」

現れたのはもちろんザックだ。

こちらも既に血相が変わっている。

先客のチャールズをちらっと見やり、彼もルウがテオドールと普通に話せる人なのを知っていたので、押し殺した声で尋ねた。

「……先生が親方と呼ぶお方は、どちらで?」

「こちらです」

ルウが両手で金髪の相棒を示したので、ザックもチャールズも呆気にとられた。

あんぐりと口を開け、どう見ても中学生くらいの少年のつま先から頭のてっぺんまでを何度も眺めて、揃ってルウに視線を戻した。

何の冗談を言っているのかと思ったのだろう。

「……親方？」

「違うって。ただのヴィッキーだよ」

リィはますます苦笑している。

「できるのは、肉を切ることだけなんだから」

「だけっていうけど、その点に関しては、自分より上手《うま》いってテオドールさんは思ったんじゃない？」

とんでもない爆弾を投げつけて、ルウはあっさり言ったのだ。

「論より証拠、百聞は一見に如《し》かずだ。さっきの猪、解体しちゃいなよ」

「そうだった。まだ現物も見てないんだ」

「誰か、猪を出してくれます？　保管容器の番号を言ってくれたら、ぼくが出しますけど」

「――はい！　今すぐ出します！」

若手のトムが敬語で答え、慌てて食料庫に向かい、大きな保管容器を運んできた。

二人の大物料理長はまだ呆然としていた。

猪というものは『しちゃいなよ』というような、そんな気軽な調子で捌けるものではない。

料理店に送られてくる時点で内臓は抜いてあるが、猪の皮は鹿と違って、しっかり身にくっついている。

これを剝ぐのは大の男でも相当難儀する作業だが、リィはさっきと同じように作業台を広げて、高さを調整すると、自分よりも大きな猪の死骸を仰向けに寝かせて、上を向いた脚を動かないように固定した。

鹿の時と同じように匂いを嗅いで、笑顔で言う。

「いい猪だな。こいつは美味いぞ」

小さな包丁を取り、後ろ脚の蹄の近くを切り込み、すっすっと包丁を使って皮を剝ぎ始めた。

皮にはまったく傷を付けず、かといって皮の下の脂肪《しぼう》を厚く切ったりすることもなく、本当に皮一枚だけを薄く、きれいに剝いでいく。

この様子を見て、大物料理長二人は絶句した。

自分が見ているものが信じられなかったのだ。

少年は足取りも軽く作業台の周りを移動しながら、皮を剝いでいった。急ぐ様子はない。至って簡単にやっているように見えるが、この手際の良さは尋常《じんじょう》ではない。

ザックは肉料理を得意としているだけに、猟師の知人もたくさんいる。経歴《キャリア》四十年の熟練者もいるが、間違いなく、その猟師より早い。

チャールズは後に青い顔で語った。

「頭がおかしくなったかと思いました……」

ザックもまったく同感だった。

ごくりと息を吞み、腰をかがめ、早くも半分ほど皮を剝いだリィに向かって話しかけた。

「親方。お尋ねしますが、今までどのくらいの数をばらしてきなすったんで？」

ルウとシェラは笑いを嚙み殺し、リィもさすがに吹き出しそうになった。

「……普通に話してくれないかな。ラドおじさんの見た目で、そんな台詞《せりふ》を言われたら物騒でいけない。一つ間違ったら、おれは反社会組織の首領《ドン》だぞ」

さりげなく失礼なことを言っているが、ザックはかたくなに首を振った。

「滅相もねえ。テオ先生が親方と呼ぶお人に、ぞんざいな口なんぞ、きけやしません」

「おれは料理に関してはまったくの素人なんだから、おじさんのほうが立場は上だよ。それに——」

リィは笑って言った。

「テオの親方っていうのは単なる呼びかけだから、気にしなくていいよ」

「……よびかけ？」

「うん。お医者さんなんかそうじゃない？　結構な年の差があっても、息子くらいの若いお医者さんを『何々くん』代わりの意味で『先生』って呼ぶよね。あれと同じだよ」

同じと言われても困るのだが、リィは二人を見て、悪戯《いたずら》っぽく笑ってみせた。

「テオはたぶん、おれの名前を覚えられないんだよ。何しろ、おれとシェラのことは『変な餓鬼《がき》ども』で、ルーファのことは『変な若造』って認識なんだ」

そのルウとシェラが笑って言った。

「そこから急に親方っていうのは極端だけどね」

「いえ、とてもご主人らしいと思います。わたしも何度か解体に関わった経験がありますが、リィほど手際のいい猟師は他に見たことがありません」

本人は首を振っている。

「厳密《げんみつ》に言えば、おれが狩った獲物《えもの》じゃないからな。この猪もさっきの鹿も、一番肝心なところは他の人がもうやってくれてるんだから、楽なもんだ」

全然楽ではないことを知っている料理長二人は、揃って天を仰いだ。

「……世間は広いぜ」

「……はい。まったく」


解体だけといえども、まさかテオドールに親方と言わしめる相手がいるとは予想だにしなかった。

チャールズは嘆息《たんそく》して、弟子たちに向き直った。

「——さて。せっかく来たのですから、きみたちの料理を食べさせてもらえますか？」

「はい！」

バートが急いで新たな魚を火に掛ける。

『きみ』ではなく『きみたち』と言われた時点で、ジャイルズも残っていた煮込みを温め直している。

元々三日は煮込む料理なので、すぐに用意ができ、ザックとチャールズの分をよそって出した。

ジャイルズは師匠の言葉を期待して待ったが、先に口を開いたのはチャールズのほうだった。

赤ワインの濃厚なソースを味わって、真顔で言う。

「迷走していますね」

「…………」

「テオ先生に追いつきたいとする努力は認めます。独自の味を出そうとして、未知の味に挑戦《ちょうせん》している姿勢もわかりますが、奇をてらうことと個性を出すこととは別です。はき違えてはいけません」

ザックが苦笑している。

「言いたいことを全部先に言われちまったぜ」

やがてバートの魚料理が出来あがったが、今度はザックが友人の弟子に向かって言ったものだ。

「せっかくいい魚なのにもったいねえ。素材の味を活かすのと、味がしねえのは全然別の話だろうが」

チャールズが苦笑しながら頷く。

「わたしも台詞を取られましたね。——バートくん。これがきみの実力だとは思えません。以前にきみの料理を食べた時はこんなことはなかったはずです」

ザックは豪快な人なので、若い二人に向かって、ずばりと言ったものだ。

「自信がなくなったか？」

弟子たちは何とも言えない顔で唇を噛んだ。

まさかその通りだとは口が裂けても言えない。

だが、今の自分たちが空回りしている状態なのは、本来の実力を発揮できていないのは自分たちが一番よくわかっている。

「——師匠」

ジャイルズは思い切って尋ねた。

「料理長が言ってたんです。もう一度食べたくなる料理が本当に美味しい料理だって……」

バートが後を続けた。

「ですけど、味覚には好みがあるんです。料理長はお客さまの好みに合わせているそうですが、いつもできるわけではないとも言ってました……」

あの天才でそれでは、凡人の自分たちはいったいどうしたらいいのか——。

若者たちの生真面目な苦悩に、ザックは苦笑して豪快に言ったものだ。

「おまえらにそんな高等技術は百年早い」

チャールズもしかつめらしい表情ながら、眼には笑みがある。

「そうですよ。確かにテオ先生のおっしゃることはもっともですが、きみたち自身はどうなのです？」

二人とも意味がわからなかった。

すがりつくような様子の弟子たちに、二人の大物料理人は謎めいた笑みとともに助言をした。

「きみたちが本当に美味しいと思うもの、食べたいと思うものは何なのかということです」

「そうさ。それが料理の基本だぜ。お客の好みを考えるのも大事だがよ。その前に自分が美味いと思うものを自信を持ってつくらねえとな」

それが出来れば苦労はないんだ！　と絶叫したい弟子たちを残して、二人は厨房を出て行った。

6

　シメオン・パラデューは宇宙港に降りたその足でポワール・シティ・ホテルに向かった。

　開店にはまだ早い時間である。しかし、今の彼は気もそぞろだった。もともと美食家として知られる人だが、テオドールの料理を知って以来、以前にも増して、食べることが楽しみになっている。

　その時間を稼ぐためにも、出来る仕事は片付けておかなければならなかった。迎えの車の中で仕事に勤《いそ》しんでいると、携帯端末が音をたてた。

　娘のジャンヌからだった。

「お帰りなさい、お父さま。今少し、よろしい?」

「ああ。移動中だが、どうしたね?」

ジャンヌはアンヌの妹で、実業家のウォーレン・ミッチェルと結婚し、今はシティに暮らしている。

　恐らく秘書に連絡して、パラデューがこの時間に戻ることを聞いたのだろう。

「お義兄《にい》さんがこちらに来ているそうね」

「ああ。どこで聞いたんだね」

「お義兄さんのお料理をいただいたという人の話を聞いたのよ。奇跡のようなお料理だと言っていたわ。お義兄さんは一人でいらしてるの?」

「それは無理だ。テオの料理の腕は比類がないが、彼一人で普通の生活ができるわけがない。ヨハンもカトリンもアンヌも一緒だ」

「お父さま、ひどい。もっと早く教えてくださいな。わたしもみんなに会いたいわ」

　カトリンの娘のアンヌはジャンヌにとって、亡き姉の孫だ。ジャンヌは子どもに恵まれなかったので、ことのほか姉の息子やその家族が気になるらしい。

　パラデューにとっても、アンヌは初めて生まれた曽孫《ひまご》である。

可愛くないわけがないが、ついつい、愛想のない義理の息子の料理を味わうほうが優先されてしまう。

「ちょうどいい。わたしも今向かっているところだ。今夜は一緒に食事をしないか」

「お父さま。実はそのことでご相談があるの」

ジャンヌは急いで言い出した。

「お父さまはエリクソンご夫妻をご存じ？」

記憶を探って、パラデューは言った。

「何度かパーティで見かけたことがある……」

正式な紹介はされていないが、それでも、相手に対する情報は多少は持っていた。

バーニー・エリクソンはかなりの資産家であるが、実業家ではない。もともと裕福な家柄《いえがら》で、大地主《おおじぬし》で大株主でもあるのだが、それらの管理はすべて人に任せ、何もしなくても毎年莫大《ばくだい》な収入が入ってくるという結構な身分のはずだ。

ジャンヌは控《ひか》えめな口調で続けた。

「ご主人にはウォーレンがお世話になっているの。奥さまも慈善活動《じぜんかつどう》にとてもご熱心な方で、いろいろ助けていただいているのよ。——それで、ご夫妻もお義兄さんの料理をいただいた方から感想を聞いて、とても興味《きょうみ》を持ったご様子なの。ただ、今からではもう予約が取れないらしくて。何とかお父さまからお義兄さんに頼んでもらえないかしら」

「……テオに頼むのは筋が違うだろうな」

半ば苦笑しながらパラデューは言った。

「とりあえず、ミシェルに訊《き》いてみよう。ご夫妻のご都合は？」

「いつでも。——それこそ今日でもいいそうよ」

並々ならぬ意気込みが感じられて、パラデューはまた苦笑し、ふと真顔になって娘に尋《たず》ねた。

「ジャンヌ。テオのことは社交界でそんなに話題になっているのか？」

「ええ。それはもう。——お義兄さんとお父さまの関係も知られているから。それで皆さん、わたしにお話をもっていらっしゃるのよ」

ジャンヌの声には困ったような響きがあったが、同時に嬉《うれ》しそうでもあった。

「皆さん、何かの誓約書《せいやくしょ》に署名した関係で、あまり詳しくは語ってくださらないけれど、お義兄さんのお料理の素晴《すば》らしさは疑いようもないことですって。一流紙に論評の連載をお持ちの有識者の方は店名を伏せた上で、お義兄さんのお料理を評価する文章を書きたいと真剣に考えたそうよ。でも、どうしても絶賛する文句しか思いつけなくて、それでは正確な情報提供にならないと担当者に反対されたらしくて、断念されたんですって」

「……賢明《けんめい》な判断だ」

しかつめらしく頷《うなず》きながらも、パラデューの声は笑いを隠しきれていなかった。テオドールに対する賞賛が我がことのように誇らしかったのだ。

しかし、彼は冷静な実業家でもある。

バーニー・エリクソンは社交界の著名人だ。この機会に親しくなっておいて損はない相手と判断し、娘のためにも便宜《べんぎ》を図《はか》ってみることにした。

「今日、席が取れたら、ウォーレンも来るのか？」

「残念だけど、彼は今夜は仕事なの」

「わかった。少し待ってくれ。すぐに掛け直す」

娘との通話を切って、ホテルの支配人ミシェル・ポワールに連絡してみる。

「急な話ですまないが、今夜、四人分の席をお願いできるかね？」

「四人ですか？　ちょっと待ってください」

いったん回線が保留《ほりゅう》になる。ミシェルは厨房《ちゅうぼう》へ連絡したらしい。相手が変わった。

「お帰りなさい、パラデューさん」

優しげな青年の声だ。

「今日はいらっしゃるんじゃないかと思ってました。——一人はあなたとして、他の三人は？」

「娘と娘の友人のエリクソンご夫妻だ。どうしてもテオの料理を食べたいと希望《きぼう》されているらしくてな。——何とかなるかね？」

黒髪《くろかみ》の青年はテオドールに確認を取った後、また尋ねてきた。

「おいくつくらいのご夫婦ですか？　その人たちは、今までテオドールさんのお料理を食べたことは？」

「ないはずだ。わたしと同年配のはずだが、年齢が何か問題なのか？」

「ぼくにはわかりません。――七時からでよければ、お席をご用意できるそうです」

「ありがとう。テオによろしく伝えてくれ」

また相手がミシェルに戻ったので、パラデューは別の頼みごとをした。

「今から数時間だけ部屋を借りたいんだが、空《あ》きはあるかな？」

「もちろんですとも。会議でお使いですか？」

「いや、七時からテオの店で食事なんだ。それまで仕事をしたい。執務机《しつむづくえ》のある部屋を頼みたいが、用意はあるかね」

「ございます。数は少ないですが」

端末の向こうでミシェルは笑っていた。

「――十階の107号室をお使いください。ロビーには寄らなくて結構です」

「ああ。世話を掛ける」

通話を切って、再び娘に連絡し、今夜七時に席が取れたことを告げると、ジャンヌは大喜びだった。

「ありがとう。お父さまが同席してくださるなんて、ご夫妻もきっと喜ぶわ」

共和宇宙で十本の指に入る投資家のパラデューに近づきたがる人間は数え切れない。

もっとも、そうした状況はエリクソン夫妻も同じはずだ。彼ほどの資産家ともなると、迂闊《うかつ》な人間と親しくなるわけにはいかないのである。

類は友を呼ぶという言葉があるが、それとは別の意味で、同程度の社会層に属していることが相手の身元の証明にもなる。

娘との通話を切ったパラデューは、今は運転手を務めている秘書に話しかけた。

「聞いての通りだ。今夜はテオの店で食事にする。終わる頃、迎えに来てくれ」

「かしこまりました」

やがて車がホテルの地下に到着した。

開業前だが、制服を着た職員が出迎えてくれる。パラデューが車を降りると、秘書も車を降りて、荷物を持って付いてきた。

この地下は昇降機があるだけの入り口である。

普段は一階と、二階のロビーにしか行けないが、パラデューと秘書が乗った昇降機の扉が閉まると、階数表示板に10の数字が現れた。

以前ミシェルが気を利かせて『いつでも泊まれるように』と虹彩認証《こうさいにんしょう》を勧《すす》めてくれたおかげである。おかげで107号室に入る時も操作は不要だった。

何度もこの建物を訪れているが、客室に入るのは初めてである。かなりの広さのある続き部屋《スイート》だった。

隠《かく》れ家《が》ホテルを目指しているだけあって、華美《かび》な装飾は一切ない。ぎりぎりまで無駄《むだ》を省《はぶ》いた室内は凛《りん》とした緊張感《きんちょうかん》さえ感じさせる。それでいながら自然と落ち着ける居心地の良さがある。

秘書は荷物から礼服を取り出し、丁寧《ていねい》にブラシを掛けて衣裳《いしょう》戸棚に吊《つる》した後、一礼して出て行った。

パラデューはさっそく仕事に取りかかった。

七十代後半になった今でも彼の毎日は多忙である。ありがたいことに、作業用の端末があれば、彼の仕事はどこでもできる。もっとも先日のように急に呼び出される場合も時にはあるので油断できないが、テオドールの料理を堪能《たんのう》するためにも、今のうちにできることは片付けておきたかったのだ。

相場の動きに目を通し、秘書が厳選《げんせん》した通信文を確認して、必要なものには返事を書く。事業提携の申し込みや、企業からの依頼、知人からの懇談会《こんだんかい》の誘いなど、内容は様々だ。

せっせと仕事を片付け、約束の時間の十五分前になってパラデューは端末を閉じ、礼服に着替えた。

いつもは仕事に使っている背広《せびろ》で行っているのに、

わざわざ着替えたのは、エリクソン夫妻と初めての会食だからだ。夫妻の年齢や身分、時間を考えると、相手は間違いなく正装してくるはずだからである。

上のレストランに向かうと、昇降機を出てすぐに、後ろから声がかかった。

「お父さま？」

振り返ると、もう一台の昇降機から、ジャンヌと年配の夫妻が降りてくるところだった。

ジャンヌはもう五十歳に近いはずだが、子どもがいないせいか、実に若々しい。今日はやはり正装で、黒のロングドレスがよく似合っている。

髪型もきちんと整えて、首と耳には見事なダイヤモンドが輝いていた。

バーニー・エリクソンは七十代とは思えないほど溌剌《はつらつ》とした人物だった。最上級の礼服を身につけた姿勢も正しく、髪も黒々として、肌の色つやもよく、子どものように輝く笑顔で挨拶《あいさつ》してきた。

「ミスタ・パラデュー。無理を聞いていただいて、ありがとうございます。これは妻のソフィア」

「お目にかかれて光栄です。ミスタ・パラデュー」

夫人も既に七十歳を過ぎているはずだが、美しい人だった。ほっそりした身体に鮮《あざ》やかな紫の長袖《ながそで》のイブニングドレスを上品に着こなし、髪には同色の宝石でつくられた飾りを挿《さ》している。

「一度きちんとご挨拶したいと思っておりました。お嬢さんとは以前から親しくしております」

パラデューも丁寧に礼を返した。

「こちらこそ。お二人には娘夫婦がいつもお世話になっていると伺《うかが》っています」

「息子さんのお料理は社交界の間で大変な評判です。——今日は本当に感謝していますのよ」

穏やかに話している夫人だが、本当に嬉しそうに眼が輝いている。

エリクソン氏がからかうような口調で言った。

「家内は美味《おい》しいものに眼がなくてね。お嬢さんにご無理を言ったのでなければいいんですが……」

「まあ、バーニー、ひどいわ。わたしがたいへんな食いしん坊みたいじゃないの」

妻がわざと文句を言ってみせ、夫は苦笑して肩《かた》をすくめている。仲むつまじげな様子だった。

見ていたパラデューも笑みをこぼした。

「ご夫婦円満で何よりです」

あらためて話してみて、パラデューはエリクソン夫妻に好感を持った。二人とも上流階級に生まれて、順風な人生を過ごしてきたのだろう。

いい意味での素直さをこの年齢になっても失っていない人たちだ。

ジャンヌが笑顔で夫妻を促《うなが》した。

「お話はお食事をしながらに致しませんか。義兄《あに》のお料理が待っていますわ」

パラデューも同意した。

「わたしも久しぶりなのでね。行きましょう」

四人は談笑しながら通路を進んでいった。

通路の正面、突き当たりの壁に掛かった絵を見て、エリクソン夫人が驚いたように声をあげる。

「まあ、ダビッドだわ。真作ですね?」

「ええ。テオドールが選んだものですよ」

「お目が高いわ。とてもいい作品です」

エリクソン氏は絵にはあまり詳しくないようだが、それでも絵の前で足を止めて鑑賞《かんしょう》し、妻に尋ねた。

「きみが欲しいと言っていた静物画の画家かい?」

「それはデ・ボルテよ。全然筆致《タッチ》が違うでしょう」

パラデューは笑って頷いた。

「奥さまは絵がお好きなようですな。デ・ボルテはわたしも高く評価している画家です」

ダビッドのやや粗い筆致に対して、デ・ボルテの静物画は極めて写実的で、特に光と陰をくっきりと描きわけているのが特徴《とくちょう》である。

夫人は好きな絵の話のわかる相手に、嬉しそうな笑顔になった。

「昔からデ・ボルテの静物画が大好きで、うちにも一枚飾りたいと思いまして。ずっと画商に探させているんですけど、なかなかいいものが出ないようで、未《いま》だに待たされているんですのよ」

するとと、彼女の夫が混《ま》ぜっ返《かえ》した。

「何を言うんだ。せっかく持ってきてもらったのに、きみが気に入らないと言って断ったじゃないか」

「デ・ボルテなら何でもいいというわけじゃないの。欲しいのは静物画なのに、人物画だったのよ」

パラデューは不思議に思って口を挟んだ。

「お言葉ですが、デ・ボルテの人物画ならかなりの掘り出し物では？」

「ええ。それはそうなんですけど……」

夫人は困ったように苦笑している。

「パラデューさんならもちろんご存じでしょうけど、デ・ボルテの人物画は多分に宗教画の要素が強くて、まるで生身の人物を見るように写実的で、劇的です。──それが悪いわけではありませんの。ですけど、食堂に飾るのに、磔《はりつけ》にされて手足から血を流している教祖の遺体《いたい》と、その死を嘆《なげ》く弟子たちの悲痛な表情というのは、あまりに生々しくて……」

パラデューはただちに納得して頷いた。

「食堂にはいささか不向きな図柄ですな」

「ええ、どんな名画でも、さすがにあれではねえ。食欲がわきませんのよ。画商にも申し訳ないことをしましたが、お断りするしかなくて……」

「わたしはこっちのほうが気になるな」

そう言ったたエリクソン氏は絵の下にさりげなく置かれているチェストに注目していた。

抽斗《ひきだし》は二段、腰くらいまでの高さの、どこにでもあるような調度品だが、氏は首をひねっている。

「妙だな。古代様式なのに、時代はずいぶん新しい。かといって模造品とも思えないが……」

パラデューはこの家具を購入した時のことを思い出して言った。

「確か……惑星ロスタで木工の神と言われた職人の作だそうです」

「ロスタですと？」

エリクソン氏は驚きに眼を見張り、あらためて、チェストを見つめた。

「……まさか、アッシュクロフトでは？」

「名前は聞いていません。ですが、この作者本来の様式の作品なら、椅子一脚でも一億は下らないとか。その作者が古代様式を尊敬《リスペクト》してつくったのが、このチェストだと聞きました」

エリクソン氏の顔が興奮《こうふん》に輝いた。

「……椅子一脚にそんな値段が付くのは伝説の家具デザイナーと言われたアッシュクロフトだけです。いやあ、驚きました！」

今にもチェストに抱きつきそうな様子だったが、エリクソン氏はかろうじて自制を取り戻した。

「——いや、失礼。しかし、これは大発見ですよ！ アッシュクロフトのこんな作品は初めて見ました。実に見事なものです」

そう言われても家具に興味のないパラデューには さっぱりわからない。

だが、テオドールの言葉を思い出して言ってみた。

「これを選んだのも義理の息子なんですが、『力がある』と言っていましたな」

「その通り。ご子息はたいへんな審美眼をお持ちだ。実に素晴らしい！」

あちこち頭や足を動かし、角度を変えながら食い入るようにチェストを鑑賞する夫に呆《あき》れて、夫人は困ったようにパラデューに頭を下げた。

「すみません。好きな骨董《こっとう》のことになると、本当に子どものような人なんですよ。お恥《は》ずかしいわ」

ジャンヌは如才《じょさい》なく氏を弁護する言葉を、父親に言ってきた。

「エリクソンさんは骨董品の収集家として、とても有名な方なんです。そのエリクソンさんのお眼鏡にかなう品を見つけるなんて、さすがお義兄さんね」

チェストと静物画の置かれた角《かど》は右に折れていて、少し先の左手傍《そば》の通路に店の入り口がある。

そこに初老の給仕係が立っていて、一同を迎えてくれた。

「お待ちしておりました。お手数をおかけしますが、誓約書へのご署名をお願い致します」

パラデューはちょっと眉《まゆ》を吊《つ》り上《あ》げた。

「わたしもか？」

「はい。当店の支配人から、初めてお見えの方には必ずいただくようにと言いつかっております」

苦笑したパラデューだった。

本当なら初日に食べていたはずだったが、確かに今日が初来店である。

しかし、パラデューはまず夫妻を促した。

「お先にどうぞ」

「ほほう、噂《うわさ》の誓約書ですな」

それでも、氏は文書にざっと目を通して署名し、夫人に端末を手渡した。

夫人も感心したような表情で眼を通している。

「個人経営の小さなお店だとよくあるようですわね。大勢のお客さまに対応することはできないので、公《おおやけ》の場所への書き込みや、写真の掲載《けいさい》はご遠慮《えんりょ》くださいというお願いが。こんなに立派なホテルでは珍しいけれど……」

夫人も署名し、パラデュー、ジャンヌと続いた。

最初に署名を終えたエリクソン氏は、通路の先を見つめていた。正面には外の庭園へ出る扉があり、その手前の壁の一部が淡く光っている。壁龕《ニッチ》の中に照明を設置しているからだが、氏は興味を惹《ひ》かれて壁龕《ニッチ》を覗《のぞ》き込み、息を呑《の》んで立《た》ち尽《つ》くした。

夫人が夫の様子に気づいて問いかける。

「どうかしたの、バーニー？」

「そんな……」

エリクソン氏は眼を見開いて壁龕《ニッチ》を見つめている。

大きくあえいだ。

「信じられん！　グッテンベルクの妖精《ニンフ》だ！　なぜこんなところに！」

「ええっ？」

夫人もその名前は知っていたらしい。

驚いて、夫に並んで壁龕《ニッチ》を覗き込んだ。

「まさか——複製《レプリカ》ではないの？」

「そう思いたいのは山々だが、本物だよ！　こんな複製があるわけがない！」

今にも壁龕《ニッチ》に手を突っ込みそうで、パラデューはこほんと咳払《せきばら》いした。

「それはわたしが入手しました」

「あなたが？　あなたの持ち物ですか！」

エリクソン氏がすごい勢いでパラデューを見る。

その時だ。彼の妻が訝《いぶか》しげに夫を呼んだ。

「バーニー、ちょっと……」

夫人はもう一つの壁龕《ニッチ》の前で眼を丸くしている。

つられて覗き込んだエリクソン氏は声にならない悲鳴をあげてのけぞった。

「——レニエの揚羽《あげは》！　嘘《うそ》だろう！」

興奮冷めやらないエリクソン氏は今度こそ壁龕《ニッチ》に手を伸ばしたが、そんな彼の動きを止める穏やかな声がした。

「——お客さま。当店の備品にお手を触れないようお願いします」

エリクソン氏は耳を疑う顔で振り返った。

「備品⁉」

すぐ近くに、黒服を着た青年が立っていた。

微笑を浮かべてエリクソン氏を見つめている。

「はい。当店はお食事を楽しんでいただく店です。どうぞこちらへ。お席へご案内致します」

しかし、エリクソン氏の興味はすっかり料理から離れているようだった。氏にとってはこれらの品は単なる装飾品ではないのだ。一流の美術品と同等の歴史的価値のある貴重な品なのである。

鬼気迫るような表情でパラデューに話しかけた。

「ミスタ・パラデュー。あなたも絵画に関しては、一家言《いちかげん》お持ちの方だ。不躾《ぶしつけ》な申し出なのは承知の上で、駆け引きは抜きで申します。この妖精《ニンフ》と蝶《ちょう》、いくらで譲っていただけますか」

パラデューが応《こた》えるより先にルウが言った。

「それは致しかねます。これは店の備品ですから」

パラデューも同意した。

「その通りです。代金を払ったのはわたしですが、持ち主は義理の息子のテオドールです」

「わかりました。それでは料理長と話しましょう」

今にも厨房に突進しそうなエリクソン氏の前に、ルウが立ちはだかった。

「恐れ入りますが、お客さま。厨房への立ち入りはご遠慮ください」

物腰も口調も丁寧だが、その声にはひやりとする何かがある。無理もない。高級料理店で、従業員がこんな注意をわざわざ客にしなくてはならないこと自体があり得ないからだ。

夫人も急いで青年に味方した。

「そうよ、バーニー。焦《あせ》らなくてもいいじゃない。お食事を楽しんでからにしましょうよ」

エリクソン氏はかたくなに首を振った。

「いや、食事どころではない。料理長の心得違いを正さなくては」

エリクソン氏は貴重な品々が何の容器にも入らず、壁龕《ニッチ》に覆い《カバー》も付けずに、手を伸ばせば誰でも自由に触《さわ》れる状態にあることが信じられなかったらしい。

困惑顔の夫人をよそに、氏は熱心に訴《うった》えたのだ。

「ミスタ・パラデュー。グッテンベルクもレニエもこの世界の巨匠《きょしょう》です。こんなふうに粗末に扱われていいものではないんです。せめて覆《おお》いをつけていただきたい。骨董装飾品はあなたにとって興味のない分野なのかもしれません。しかし、あなたの愛する名画がこんな不用心な状態に置かれていて、平気でいられますか」

パラデューは困ってしまった。

店内へ入れば、まさにその状態があるからだ。

エリクソン氏は料理店がこれほどの宝物を揃《そろ》えていること自体にも、少々不快感を覚えたらしい。

「そもそも、料理人なら料理で勝負すべきでしょう。それをこんな美術館級の品々を惜しげもなく使って店舗《てんぽ》を飾りたてるとは、演出にしても過剰《かじょう》すぎる」

パラデューは何とも言えない顔で突っ立っていた。

エリクソン氏の言い分を、何も知らないくせにといささか腹だたしく感じると同時に、多少なりとも耳が痛くもあったのだ。

以前の自分――テオドールの料理を食べる前の自分はまったく同じことを考えていたからだ。

「お言葉ですが、エリクソンさん」

この台詞《せりふ》を発したのはパラデューではない。

ジャンヌだった。目上のエリクソン氏に向かって、彼女はきっぱりと言った。

「義兄《あに》は自分の仕事に演出など用《もち》いません。義兄に何かお話があるのでしたら、まずは義兄のお料理を食べてからにしてください」

パラデューは娘に賞賛の眼差しを送って、怒《いか》れるエリクソン氏に向き直った。

「――以前のわたしでしたら一も二もなくあなたに賛同したでしょうが、今は娘の言い分を支持します。まずは食事にしませんか」

「そうよ、あなた」

ソフィアも熱心に言った。

「いつまでもこんなところで騒いでいたら、お店の方にも迷惑だわ。それに、少なくとも盗難《とうなん》の心配はないはずよ。そうでしょう?」

ルウは笑って頷いた。

「はい。これらの品は壁龕《ニッチ》に固定してありますので、持っていかれる心配はありません」

エリクソン氏はまだ抗議したりない様子だったが、三対一では仕方がない。

不承不承ながら店の入り口へ向かおうとした時、通路の反対側にも壁龕《ニッチ》があることに気づいた。

途端、またしても氏の足が止まった。

「……ギボンズの角灯《ランタン》!」

壁龕《ニッチ》に飛びついて食い入るように見つめている。

テオドールの審美眼は承知していたが、さすがにここまでくるとパラデューも嘆息《たんそく》するしかない。

ジャンヌが、そっと父親に尋ねた。

「実用品に見えるけど、あれもお義兄さんが？」

「ああ。わざわざ選んでいた。これも名のある人の作なのかな？」

「名があるどころか！」

エリクソン氏が興奮の面持ちで振り返り、熱心な口調で言ってきた。

「生活用品にはままあることです。実用品には違いなくとも大量生産の雑貨などとはわけが違う。主に儀礼祭典《ぎれいさいてん》に用いられる注文品で、中でもギボンズの角灯《ランタン》はもっとも格式の高い戴冠式《たいかんしき》で使用されました。当時から高級品でしたが、時代を経た現在では高い技術と優れた芸術性が評価されています。これほど完全な形で見ることが出来るとは……」

感極まって、なかなか壁龕《ニッチ》から離れようとしない。

そんなエリクソン氏を、ルウが言葉巧《たく》みに店内へ誘導した。

店内へ入ると、今度は夫人のソフィアが、大きな壁に飾られた絵に眼を見張った。

「まあ……」

誰もが知る名画が堂々と飾られている。

四人で席についた後も、ソフィアはその絵が気になるようで、しげしげと見つめていた。

「……素晴らしい出来映えだわ。複製でもなかなかここまでは描けないわよ」

ジャンヌも感心している。

「お義兄さんも複製画を飾ることがあるんですね」

パラデューは何とも言えない思いを抱えながらも、平静を装って座っていた。

正直、未だに信じられないのだ。

パラデューも美術には相当に詳しい自信があるが、鑑定家ではない。出来不出来を感じ取るのと真贋《しんがん》を見極めることはまた別の話だからだ。

だから、何も知らないでこの絵を見たら、やはり複製画だと判断しただろう。

というより、せざるを得ないのだ。

あの絵がこんなところにあるわけがないのだから。

しかし、今、眼の前の壁に掛かっている絵画から、ひしひしと伝わってくる何かがある。

それは三百年以上もの間、見る人の視線と心を、一瞬にして釘付けにしてきた本物だけが持つ力だ。

ソフィアも感性の鋭い女性のようで、同じものを感じ取っているのだろう。

それでいて、複製と信じて疑わないのは『本物であるわけがない』と思っているからだ。

飲物の注文を取りにきた青年に、夫人は尋ねた。

「この複製画は誰が描いたのかしら？　もし作者がおわかりなら、教えていただけません？　複製とは言え、これほど見事な仕上がりは滅多《めった》にないもの。一枚、注文したいわ」

青年は微笑して答えた。

「申し訳ありません。作者は既に故人です」

「まあ、残念……」

夫人は感心したように天使を見上げている。一方、エリクソン氏は通路の宝物が気になって気になって仕方がない様子だった。

椅子に座っていても、そわそわと落ち着かない。

飲物が運ばれた後、最初の一皿が登場した。

「コートニーの便りです。連邦大学惑星《ティラ・ボーン》コートニー地方の山菜を直送してつくりました」

パラデューは相好《そうごう》を崩してカトラリーを取った。

「ミセス・マーシャルの野菜か。これは嬉しい」

一口食べて、ジャンヌが大きな感嘆の声を洩《も》らす。

「——美味しい！」

ソフィアも眼を見張っている。

「まあ……」

エリクソン氏も驚きに眼を丸くしていた。

氏は最初、さっさと料理を食べて交渉に入ろうとしていたのだろうが、予想外の鮮烈《せんれつ》な味わいに心を動かされたのは間違いない。

何より気がかりな骨董宝飾品から意識が逸《そ》れる。

そのことに、氏自身が驚いたような表情で料理を味わっていた。

次に運ばれてきたのは十センチくらいの大きさの貝殻《かいがら》を皿に見たて、バターと香草で味付けした貝の身と、刻んだ海草を汁に浸《ひた》した前菜だった。

やろうと思えば一口で食べられる小さな料理だが、パラデューは慎重《しんちょう》に少しずつ取って口に運んだ。

ジャンヌもソフィアも、エリクソン氏もだ。

貝の身と海草を食べ終えた後、貝殻の器《うつわ》に金色の汁が残された。これをこのまま下げてしまうのは、あまりにもったいない。

全員、厳《おごそ》かな酒杯を捧げ持つように貝殻を両手で持ち上げて、出汁《だし》のスープを飲み干したのである。

パラデューはほうっと息を吐いた。

「すばらしい……」

他の三人も同様にため息をついている。

次に運ばれてきたのはトマトの冷製スープだった。

一見すると簡単な家庭料理のようだが、本格的につくるためには一晩寝かせるくらいの手間がかかる。

調理法次第で、甘《あま》くすることも、塩気を強調することも、濃度も自由に変えられる料理だ。店ごとに特徴が出ると言ってもいい。ここにいる人たちは皆、そういう事情はよく知っているから、テオドールはどんな味に仕上げたのかと期待しながら一口食べて、全員、またしても眼を見張った。

呆気《あっけ》にとられながらもう一口味わい、ソフィアが信じられない様子で呟《つぶや》く。

「……これ、本当にトマトかしら？」

エリクソン氏も呆然《ぼうぜん》としている。

「こんな味のトマトがあるか？」

パラデューもまったく同感だった。

生のトマトよりも自然な甘みが増し、清々《すがすが》しく、さわやかだった。一つ間違えば、ざらりと喉《のど》に触るあの感じがしない。かといって、コンソメのようなまったくの液体でもない。

舌《した》に乗せると、すうっと吸い込まれていくような、なめらかな喉越しである。

実に不思議な食感だった。今までこんなトマトの冷製スープを食べたことはない。

ソフィアがまだ眼を丸くしながら言う。

「……これは、トマトが違うのかしら。それとも」

ジャンヌが頷いた。

「義兄《あに》の技倆《ぎりょう》だと思います。姉が言っていました。義兄は魔法の手を持っていると」

パラデューも小さく微笑した。

「ああ、本当に……」

テオドールにはいつも驚かされてばかりだ。

次の料理は真っ白な皿の上に小さな草花で描いた絵画のようなサラダだった。味は言うまでもないが、見る人の眼を大いに楽しませてくれる一品だ。

続く魚料理は淡泊な味の白身魚に野菜をあしらい、緑のソースが添えられていた。

少し香辛料《こうしんりょう》を利かせてある。

このソースが絶品だった。魚にも野菜にも抜群に合っているが、それだけではない。

魚自体にもかすかに舌に感じる程度の、ほのかな旨《うま》みがつけられている。それが魚の味わいをさらに引きたてているのだ。

パラデューはこれまで共和宇宙中で様々な料理を食べてきたが、この旨みの正体が何なのか、どんな調味料を使ってこの味をつけたのか、見当もつかなかった。

肉料理は鴨《かも》が出された。やや癖《くせ》があるので好みが分かれる肉だが、野性味のある味わいはそのままに、驚くほど優しい味に仕上げてある。実に食べやすく、添えられた濃厚な果実のソースがなお食欲をそそる。

もはやパラデューもジャンヌもエリクソン夫妻も、ただひたすら黙々と料理を口に運ぶのみだった。

皿が空《から》になると、皆、揃って、大きな感嘆の息を吐いた。さらにデザートが登場する。

細かい巴旦杏《アーモンド》を散らした檸檬《レモン》とヨーグルト風味のムースの下に、甘く煮た何かが敷かれている。

果物のようだったが、実際は植物の茎《くき》だ。菓子や

料理によく使われているもので、特に珍しい食材ではないのだが、エリクソン氏はあまりの美味しさに身悶《みもだ》えし、ソフィアとジャンヌは感動に震えている。

もう一品、デザートが出てきた。チョコレートと、さっくりとやわらかい食感の焼き菓子に色とりどりの果物と香草が添えられ、鮮やかな赤いソースは蜘《く》蛛《も》の糸のように細い飴細工《あめざいく》と粉砂糖《こなざとう》で飾られている。

芸術品のように美しいその皿に、皆、うっとりと見入ってしまった。

手を付けるのがもったいないと躊躇《ためら》ったのも、皆、同じである。

しかし、生菓子をいつまでも眺《なが》めてはいられない。

口に入れてみると、チョコレートには何か果物を混ぜてあるのか、カカオの風味を損なわない程度の自然な酸味《さんみ》が付けられていた。焼き菓子とソースがその味を絶妙に引きたてている。

この席にいる人たちは、手の込んだデザートなら、数えきれないくらい食べてきている。

その彼らが完全に声を失っている。

食後の珈琲《コーヒー》を出されたところで、パラデューも、他の皆も、やっと人心地が付いた。

珈琲自体も薫《かお》り高く、芳醇《ほうじゅん》な味わいである。

しばらく心地よい余韻《よいん》を味わい、エリクソン氏が大きな息を吐いた。

「……いやはや、恐れ入りました」

ソフィアも陶然《とうぜん》としている。

「皆さんの評判通り……いいえ、それ以上でしたわ。どのお料理も本当にすばらしくて、どうしましょう。何を食べたかもよく覚えていないくらいよ……」

ジャンヌもソフィアに同意した。

「以前に義兄《あに》のお料理をいただいた時に、わたしもそう思いました。今日もですけど。まるで……夢を見ているようだって」

「ええ。本当に。わたしもそうよ。お料理を食べて、こんなに幸せだと感じるのは久しぶりだわ」

エリクソン氏も同様だったのだろう。

パラデューを見て、潔《いさぎよ》く頭を下げた。

「先程の失礼を許してください。義理のご子息には感服させられました。グッテンベルクもレニエも、もちろんギボンズもアッシュクロフトも、この店に真にふさわしいものです」

パラデューも笑みを浮かべて会釈《えしゃく》した。

「ありがとうございます」

黒服の青年が珈琲に添える小菓子を運んできた。皿を並べて、エリクソン氏に話しかける。

「お料理はいかがでしたか？」

「いやもう……素晴らしかったよ。こんな言葉では到底足らないくらいだ」

心から氏は言った。

「料理長に、くれぐれも感謝していると伝えてくれ。本当は直《じか》に会ってお礼を言いたいところだが……」

「申し訳ありません。料理長はまだ仕事中です」

ソフィアがちょっと残念そうに言った。

「まあ、でも、少しだけでもお顔を見せてくださいません？　せっかく、パラデューさんとジャンヌがいらしているのに……」

そのパラデューとジャンヌは即座に言った。

「いやいや、お気遣《きづか》いなく」

「いいんですのよ、奥さま。義兄《あに》の顔を見るより、料理を食べるほうが、義兄も喜ぶはずです」

二人とも調理中のテオドールの邪魔をすることがどんな事態を招くか、よく知っているのだ。

青年が微笑して頷き、エリクソン氏に言った。

「通路の備品の件ですが、料理長に確認したところ、『あれはこの店のもんだ』とのことでした。交渉に応じる意思はないようですよ」

エリクソン氏は何とも言えない顔になったものの、ちょっぴり食い下がった。

「使い方を間違っているとはもう言わないよ。だが、お願いする。せめて覆いをつけるように、料理長に言ってくれないか」

すると、青年は悪戯《いたずら》っぽい笑顔になった。

「お言葉ですが、当店の備品に手を伸ばされたのは、お客さまが初めてです」

エリクソン氏は慌《あわ》てて謝罪した。

「いや、申し訳なかったと思っているよ。まさか、レストランの壁にあんな名品がずらりと並ぶ光景に出くわすとは思わなかったものでね。――しかし、作品の保護という観点からすると、あのむきだしの状態は正直、ありがたくない。わたしだけじゃない。愛好家ならみんな血相を変えるはずだよ」

「わかりました。訊いて参ります」

青年は一礼して、厨房へ戻っていった。

その後ろ姿を見送ってソフィアが言う。

「ずいぶんお若い給仕さんね」

「本業は連邦大学の学生ですよ」

「あら、まあ。中央座標《セントラル》に留学中なのかしら?」

パラデューは首を振った。

「お願いして来てもらっているんです。彼はテオと――普通に話せる人なのでね」

ジャンヌが困ったように笑って父親に話しかけた。

「やっぱりお義兄さんとはうまく話せないの?」

「息子のヨハンさえ匙《さじ》を投げているんだぞ。そんな高等技術を持っているのはアンヌだけだったそうだ。そのヨハンが彼を推薦《すいせん》してくれたんだ」

他の二人の少年もだ。

「実際、助かっているよ。テオの料理の腕は比類がないものだが……」

言葉を濁《にご》したパラデューだった。

実生活では廃人《はいじん》同様――とは、エリクソン夫妻の前では言いにくい。

その青年が戻ってきた。

「覆いの件を料理長に提案してみたんですが……」

笑いをかみ殺しながら、ルウは言った。

「愛好家の皆さまには申し訳ありません。料理長が言うには『閉じ込めちまったらつまらないだろう』とのことでした」

パラデューも思わず微笑した。

「蝶と妖精《ニンフ》のことかな？」

「はい。壁龕《ニッチ》にすることを提案したのも料理長です。あの人にとっては『蝶と妖精《ようせい》が壁に止まっている』今の状態が好ましいようですよ」

エリクソン氏は無念そうにため息をついたものの、たくましく立ち直った。

「……見ようによってはこれほど贅沢《ぜいたく》な話はない。あれほどの名品を間近で堪能できるんだからな」

青年も笑って頷いた。

「お庭もぜひご覧になってください。本日はご来店、ありがとうございました」

勘定《かんじょう》を済ませて、すっかり満足した一行は席を立ち、店を出ようとした。

しかし、出口に近づいて、今度はエリクソン夫人が息を呑んで立ちすくんだのだ。

「まさか……！　まあ……」

夫人が見つめる先には『野兎《のうさぎ》』の連作の絵がある。ジャンヌも昔は家にあった兎の絵、そして新たに増えた二枚の絵を感慨《かんがい》深げに見つめていた。

「姉が大好きだった絵です」

夫人は感動に震えながら訊いたものだ。

「……パラデューさん。これは真作ですの？」

「ええ。この兎は長女が生まれた記念に、わたしが買い求めました。もう五十年も前の話です。残りの二枚はつい最近、テオドールが見つけたものです。ひどい汚れで、元の絵も判別できない状態でしたが、彼には何かが見えるんでしょうな。どうしても三枚並べて飾ると言って引かなかったんですよ」

ジャンヌも言った。

「きっと、お義兄さんは姉さんのためにこの二枚を見つけてくれたんだと思うわ。――姉さん、本当にこの兎がお気に入りだったもの」

一同はしばし、小さな自然を描いた絵に見入って、通路に出ると、自然な流れで外の庭を一回りして、甘い夜風と、抑えた照明に美しく照らされる庭園、緑の匂いを堪能した後、再び建物の中に戻った。

淡い光を纏《まと》って壁龕《ニッチ》の中で輝く蝶と妖精、反対の通路からそれを照らす古風な角灯《ランタン》を交互に見やって、エリクソン氏は心からの魂《たましい》の声を洩らした。

「……ここから動きたくない」

夫人が頷く。

「そうね、本当に……」

氏はうっとりと言ったものだ。

「こんな光景を現実に眺めることができるなんて。エレメンタルでも、ラクール美術館でも不可能だ。夜が明けるまで眺めていても飽《あ》きないだろうな」

骨董宝飾の世界では有名な美術館なのだろう。

その気持ちは理解できるが、ソフィアはもう少し現実的な女性だったので、夢見る夫を優しく促した。

「わたしもあの兎の絵の前で徹夜したいわ。でもね、バーニー、歳を考えましょうよ。わたしたちはもう年寄りなんだから、寝不足で倒れるわ」

7

ルウはテオドールのことを五百年に一人の天才と称したが、これは決して過分な評価ではない。

その証拠《しょうこ》に『まだ開業していないホテルの秘密のレストラン』の存在は日を追うごとに食通の人々の間で広がっていき、かなりの評判になっていた。

一度食べた人が友人を誘ってまた来店するというパターンがほとんどだったが、それとは別に料理の世界の関係者が徐々に増えつつある。

この臨時店舗《てんぽ》は期間限定の営業だ。その間の席は既に予約で埋《う》まっている。当然、新規の予約は受け付けられないはずなのだが、実際は、席数に対して若干の余裕を持たせた予約数に抑えられている。

この手配をしたのはテオドールの亡妻アンヌだが、
彼女は恐らく飛び入り客の可能性を考えて、あえて少なめに予約数を設定していたのだろう。

それに気づいて、最初に席を頼んだのはザックとチャールズだった。

あれほど忙しい二人が料理をつくるほうではなく、食べるほうに、一晩、時間を費やそうというのだ。

「この後も厨房《ちゅうぼう》で味見はさせてもらうつもりだが、こんな機会は恐らくもう二度とないからな」

「神が与《あた》えてくださった千載一遇《せんざいいちぐう》の機会でしょう。今のうちに、先生のコース料理をきちんと味わっておきたいのです」

二人は先日のパラデューと同じように店の人間に直談判《じかだんぱん》するという『禁じ手』を使い、拝み倒される形でルウは席を手配したのである。

来店の際は二人とも（今さらではあるが）誓約書《せいやくしょ》に署名して、席に着いた。

しかし、こんな大物料理長たちが揃《そろ》って正装して現れたものだから、厨房の若手はもちろんのこと、給仕係も大いに焦《あせ》った。

その晩のテオドールの技倆《ぎりょう》はいつもながら冴《さ》え渡《わた》っていたようだ。二人ともコースの組み立てから材料の選別はもちろん、味付け、調理法、盛り付け、香辛料《こうしんりょう》や調味料に至るまで、真剣そのものの表情で吟味《ぎんみ》しながら、慎重《しんちょう》に味わっていた。

その様子は食事を楽しむというより、何か非常に厳粛《げんしゅく》な儀式《ぎしき》に参列しているようでもあった。

おかげで二人とも恐ろしく顔が怖《こわ》い。

給仕係ははっきり言って生きた心地がしない。

最後の珈琲《コーヒー》に添えられた小菓子も睨《にら》むようにして、つまみ上げて口に入れていたが、食後には二人とも満足しきった様子になり、大きな吐息を洩《も》らした。

席を立ったチャールズが陶然《とうぜん》としながら言う。

「——同じ時代に居合わせて、こうして先生のお料理をいただけるのは、たとえようもない幸せです」

ザックも、しみじみと頷《うなず》いている。

「ああ。人生の贅沢《ぜいたく》ってのはこのことだろうよ」


二人ともおしゃべりな性格ではないが、有名人であるだけに業界に知人も多い。二人がテオドールの店に行ったと知り、自分もぜひ紹介してくれ——と希望《きぼう》する料理人は後を絶たなかった。

おかげでザックもチャールズも本来の仕事の他に仲介受付までするはめになった。

店の責任者の連絡先を直接教えるという選択肢は——最初からありえなかった。

あのテオドールと直に話して、無事に予約を取り付けられる一般人がそうそういるわけはないからだ。

その意味でも、テオドールと意思の疎通《そつう》を比較的可能にしているルウの存在は貴重で、チャールズはしみじみと言ったものだ。

「あなたがいてくださって本当によかった。大学を卒業した後は、ぜひともテオ先生の経営陣《マネージメント》に入ってもらいたいくらいですが……」

息子のヨハンもこの提案に真顔で同意した。

「それは俺からもお願いしたいです。——さすがにあの子たちには頼めないんで……」

ルウは楽しげに笑って応《こた》えた。

「就職するのはちょっと無理ですね。ぼくの専攻は宇宙船の構造なんです。テオドールさんのお料理は大好きなので、できる限りは支援《サポート》しますよ」

もちろん、ザックもチャールズも、誰彼かまわず知人を紹介してきたわけではない。

義理も縁《えん》もあり、どうしても断れない相手の予約だけを遠慮《えんりょ》がちに頼んできたが、つてを頼ってやってきた業界人の中には、昔テオドールが働いていたシティの高級料理店、『アンリ・ドランジュ』の現支配人と現料理長もいた。

彼らはもちろん、テオドールがかつて自分たちの店に勤めていたことを知っている。

コースの途中で二人とも絶望的な呻《うめ》き声《ごえ》を洩らし、頭を抱え込んでいた。

「……なぜこの料理人を店から出したんだ！」

「……当時の経営陣はいったい何を考えて……」

どれだけ嘆《なげ》いても嘆ききれない心境だったらしい。

仲介受付をいやでも引き受ける羽目になったのはホテルオーナーのミシェルも同様である。

上流階級の知人から次々に予約を頼まれるはめになったのだ。極めつきが実の父親だった。

「おまえのレストランはずいぶんな評判じゃないか。母さんと行くから、席を用意してくれないか」

ミシェルの父のフィリップは一代で財産を築いた大実業家で、パラデューとも親交が深い人物である。

裸一貫《はだかいっかん》から身を起こして、現在でも精力的に仕事をこなしている人物だけに、昔から子どもたちを無条件に甘《あま》やかすようなことはしない。

ミシェルに対しても大学の学費は出してやるから、生活費は自分で稼ぐようにと言い渡したほどだ。

従って、フィリップがミシェルの店を訪ねようというのも、息子を応援するためなどではない。

実はフィリップは自分の経歴を給仕係から出発させている。それだけに財界の著名人たちが絶賛する

『秘密のレストラン』に興味をそそられたのだろう。

気楽な口調で頼んできた。

「なるべく早く頼むよ」

「簡単に言わないでほしいな……」

ミシェルは呆《あき》れて言い返しながらも、あの青年におそるおそる伺《うかが》いをたててみた。

この頃になると、ルウは大学の授業も可能な限り遠隔《リモート》で受け、なるべく店に顔を出すようにしている。

ヨハンは『親父の通訳に困らない』と大喜びだ。

ミシェルにとっても大助かりである。

父親の要求を伝えると、青年は逆に尋《たず》ねてきた。

「お席は二人分でいいんですか？」

「えっ？」

「ご両親が来るんでしょう。ご家族一緒にお食事はしないんですか？」

その気遣《きづか》いにミシェルは笑って礼を言ったものの、端末のこちら側《がわ》で首を振った。

「ありがとう。ぼくは遠慮しておくよ。父はテオの料理が評判通りかどうかを見極めに来るわけだから、母と一緒でも仕事のつもりだと思うよ」

「マダム・ポワールも？」

「母は美味《おい》しいものを食べるのが好きな人だからね。気にしないんじゃないかな」

「それならなおさら息子さんも一緒のほうがいい。マダムも喜びますよ」

「うん。それはそうなんだが……」

煮えきらないミシェルに青年はさらに言う。

「ご両親が苦手なんですか？」

「まさか」

「それじゃあ、どうしてです？　テオドールさんのお料理を食べたくないわけじゃないでしょう？」

「そんなことは絶対にない」

力強く、ミシェルは断言した。

「テオの料理なら毎日だって食べたいよ」

「でしたら、せっかくご両親がいらっしゃるんです。同じものを食べて感想を話し合ったらどうです？」

「……問題は、果たして感想が言えるかだよ」

言葉が出てこなくなってしまう可能性が大だが、最後にはミシェルも両親との会食に同意し、三日後に三人分の席を用意してくれたのである。

当日の夜、フィリップとエメリーヌは正装して、息子が支配人を務めるホテルを訪れた。

フィリップは細身で中背の穏やかな雰囲気の人で、一見すると辣腕《らつわん》の大実業家には見えないが、柔和《にゅうわ》な表情の中で細い眼の光だけはさすがに鋭い。

エメリーヌはフィリップと同郷の出身で、夫とは長年苦楽を共にしてきた。まさに糟糠《そうこう》の妻だ。

ミシェルも正装して、両親とレストランに向かい、若い給仕係のミックが笑顔で一行に応対した。

「いらっしゃいませ。お待ちしておりました」

言葉遣いだけは丁寧《ていねい》だが、笑顔があまりに大胆《だいたん》で、馴《な》れ馴《な》れしい感じすらする。口調も至って軽い。

ミックはミシェルの妹の子であり、フィリップとエメリーヌにとっては孫だ。それだけに、

「おじいちゃん、おばあちゃん、いらっしゃい」

と言っているように聞こえてしまう。

「元気そうね、ミック」

エメリーヌは孫の態度は咎《とが》めずに声をかけたが、フィリップはそうはいかない。

「あまり感心しないな。街の定食屋ではないんだ。そんな態度では一流ホテルでは通用しないよ」

ミックは肩《かた》をすくめて「すみません」と謝ったが、すぐさま祖父に訂正されてしまう。

「申し訳ありません、だろう？」

「……はい。申し訳ありませんでした」

這々《ほうほう》の体《てい》で、ミックは伯父《おじ》と祖父母を案内した。

席に着くまでの短い間に、フィリップはすばやく店内を窺《うかが》ったが、どの席も客で埋まっている。

それなのに、店内は至って静かだった。

客層も、隠《かく》れ家《が》ホテルということを考えれば当然かもしれないが、上流階級の人間が目立っている。

フィリップの知人も何人かいたが、彼らは食事に

集中しているようだったので、声はかけなかった。

席に着いたポワール夫妻は自然と、厨房と店内を隔《へだ》てる壁に飾られた大きな絵に眼をやったのである。

エメリーヌが感心したように言った。

「きれいねえ……」

飲食店の壁に絵が飾られること自体は不思議でも何でもないが、フィリップは意外そうに言った。

「ずいぶん有名な複製を持ってきたものだね」

ミシェルだけはなかなか正視できなかった。

実はミシェルが、この店に来るのを今まで避けていたのは、これが理由でもあるのだ。

いったい、なぜ、どうして、どんな理由と事情が働いて、こんなとんでもない結果をもたらしたのか、ミシェルには未《いま》だにさっぱりわからない。

オーナーという立場でありながら間抜けな話だが、この店も厨房も、彼の管轄下《かんかつか》にはないものだ。

一種の治外法権区域である。

建物の所有者兼経営者という立場であっても何も口出しはできないし、する気もないのだが、ミシェルも美術品に関する知識はそれなりに持っている。

大仰《おおぎょう》に言うなら生きた心地がしなかった。

父も母も複製と信じて疑っていないのだろうが、今ここに、彼らの眼の前の壁にあるのは紛《まぎ》れもなく『人類の至宝《しほう》』と謳《うた》われる名画なのである。

正直、気が気ではなかった。

この絵を前に食事をするなんて恐ろしすぎるが、もう仕方がない。

おそるおそる『その絵』を見ると、店内の照明に照らされた天使は美しく微笑《ほほえ》んでいた。

太陽と月を従え、流れる黒髪《くろかみ》には星が輝いている。

ミシェルは以前この絵を美術館で見たことがある。

その時と比べて、あまりに印象が違うので驚いた。

昼の美術館の照明と、夜のレストランの灯《あか》りで、これほど違うのかと密かに思った。

何も知らない父が言う。

「少し意外な取り合わせだが、この店の雰囲気には合っているんじゃないか？」

「本当にねえ。素敵《すてき》だと思うわ。何より、こうして座って鑑賞《かんしょう》できるのがいいわね」

母も座り心地のいい椅子の背もたれに背を預け、ゆったりと絵を見上げている。

「本当は美術館で見るべきなんでしょうけど、この頃では足が痛くってねえ」

一家はまず飲物を選んだ。初めて耳にする産地の発泡酒を頼んでみる。

すっきりと酸味《さんみ》のある金色の液体と立ち上る泡を楽しんでいるところへ、最初の皿が運ばれてきたが、その料理を見てポワール一家は眼を見張った。

あまりに意外なものと遭遇《そうぐう》したからだ。

エメリーヌが思わず言う。

「これは……シュケイユ？」

それは乳酸で野菜を発酵させた一種の漬け物で、ポワール家の地元カレイラではどこの家でもつくる典型的な家庭料理だった。

しかし、これは明らかな総菜でもある。高級料理店で供されるような料理ではないのだ。

久しぶりの故郷の料理に、フィリップは苦笑した。

「さて、困ったな。我々の出身地を知って料理長が気を遣ってくれたのかもしれないが……」

エメリーヌが夫を見やって、ちょっと苦笑した。

「……あなた、シュケイユは苦手だものね」

「ああ。できれば他の料理にして欲しかったよ」

息子の手前、フィリップは顔には出さなかったが、内心ではもっと厳しいことを考えていた。

この店は近頃、社交界で絶賛されているが、単に客の出身地の料理を出しておけばよしというのは、料理人としていささか安易《あんい》に過ぎると思ったのだ。

故郷の料理が常にいい思い出に飾られているとは限らない。苦い記憶と密接に結びついている場合もあるのだ。フィリップがまさにそれだった。

シュケイユは保存食でもある。地元の主婦たちは家族のために一度に大量につくって備えておく。

もちろん普通は主菜に添えて出すものだが、若き日のフィリップは一時期、本当に、毎日こればかり食べていた。もう二度と見たくないと思うほどにだ。

理由は簡単で、金がなかったのである。

エメリーヌと結婚したばかりの頃もそうだった。二人の新居は安アパートの一室で、食卓には常に山盛りのシュケイユが出されていた。

安くて腹がふくれることが何より肝心《かんじん》だったのだ。

そんな経験を持つ者は自分ばかりではあるまい。苦い思い出の中で致し方なく口にしていたものを、好んで食べたいと思う人間は少ないだろう。

その程度の予測も出来ないとあっては、想像力に欠けると言われても仕方がない。

客を喜ばせようとしてやったつもりが、まったく逆効果になってしまう場合もあるのだ。

「申し訳ないが、下げてもらおうか」

ところが、ミシェルが真面目な口調で遮《さえぎ》った。

「それはやめたほうがいいよ、父さん」

ミシェルも当然、父親の好みは知っている。

それなのに熱心に言ってきた。

「ぼくはテオのつくるものをまずいと思ったことは一度もない。口に合わないと思ったことすらない。ぼくと父さんは食べ物の好みがよく似ているだろう。もっとも、ぼくはシュケイユが好きだけどね」

息子に好き嫌いをとがめられても、フィリップは腹をたてたりしなかった。苦笑しながら弁解した。

「料理に罪がないのはわかっている。地元の有名な総菜だし、母さんは料理上手《じょうず》だ。主婦の皆さんを敵に回すつもりもない。これは単に、わたしの個人的な問題なんだ。最初の家を建てた時、もう二度とシュケイユは口にしないと誓《ちか》った。その誓いを破れと言うのか？」

「そうだよ」

息子は平然と言ってのけた。

「父さんのそれは味がきらいなわけでも、食感が苦手なわけでもないだろう。ただ、苦労していた当時を思い出したくないから食べないだけだよね？　だったら、食べないと損をするよ」

思わず苦笑したフィリップだった。

フィリップは商売人である。どんな状況であれ、『損をする』という言葉は聞き流せない。

渋々ながらも肉刺《フォーク》を取り、慎重に野菜のかけらをすくい上げた。

エメリーヌはそんな夫を気遣って、複雑な表情をしながらも故郷の総菜を一口食べて、息を呑《の》んだ。

ミシェルも同様にして、眼を見張った。

「……えっ？」

思わず声が出たのは想像したものとはかけ離れた味だったからだ。

エメリーヌが眼を輝かせて感嘆《かんたん》の声を発する。

「まあ、まあ、なんて美味しい……！」

ミシェルも力強く頷いた。

「さすが、テオの仕事だ」

フィリップも呆然《ぼうぜん》としていた。

一口でやめるつもりが、彼は無意識に手を動かし、料理を口に運んでいた。

間違いなく、郷里の総菜の味なのだ。

しかし、若い頃にさんざん食べた、うんざりする思い出とは結びつかない。それどころか、まったくの別物ではないかと思うほどに美味しい。地方の家庭料理のはずがどんな高級料理にも引けを取らない、一流料理店にふさわしい味に仕上がっているのだ。

それでいて、フィリップの記憶を強く刺激《しげき》してくる。

彼は遠い昔の日々をまざまざと思い出していた。

狭いアパートの一室で、子どもが生まれ、毎日が必死だった。家族を食べさせなくてはという激しい焦燥《しょうそう》に駆られながら、がむしゃらに働いた。決してこのままでは終わるものかと、必ずひとかどの人物になってみせるという強い決意を抱きながらだ。

苦労は多かったが、今にして思えば苦いばかりの日々ではなかった。それは彼の人生でもっとも熱く燃えていた時期でもあったのだと、あらためて思い知らされる。

気づけばフィリップは皿をきれいに空《から》にしていた。エメリーヌもミシェルもだ。

母と息子はまだ呆然としながら、今食べた料理の感想を言い合っている。

「信じられない……。本当にシュケイユなの?」

「嘘《うそ》みたいだけど、間違いなくシュケイユの味だよ。あの総菜がまるで高級料理だ」

「そうなのよ。どこのご馳走《ちそう》かと思ったわ。本当に驚いた……」

父が深く嘆息して会話に加わった。

「……昔を思い出したよ」

エメリーヌがちょっと心配そうに夫を見やる。

「わたしたちがまだ貧しかった頃?」

「違うよ」

フィリップは首を振った。微笑を浮かべて、隣に座る妻を見た。

「もう二度とするまいと誓ったのは、シュケイユを食べることじゃない。もう二度ときみが——妻が三度の食事にシュケイユしか出せないような暮らしは家族にはさせない。——それを誓ったんだよ」

エメリーヌは優しく微笑んで、夫の手に、そっと自分の手を重ねた。

「あなたはわたしたちに充分過ぎるほどの暮らしをさせてくれましたよ」

フィリップも笑って妻の手を握り返した。

「久しぶりに、きみのシュケイユを食べたくなった。今度つくってくれないか」

「ええ、喜んで。——まあ、何十年ぶりかしらね」

仲むつまじい両親にミシェルも笑顔で言った。

「母さんのシュケイユは本当に美味しかったからね。ぼくにとっても忘れられない味だよ」

続いて具だくさんの魚介のスープが出てきた。

これも彼らの地方の郷土料理で、単に煮込み汁と呼ばれている。元々は売り物にならない雑魚《ざこ》を香味野菜と塩で煮込むだけの、漁師《りょうし》たちの料理だった。

今では地区ごとや家庭ごとに使われる材料も味も多種多様だが、それでも見れば煮込み汁だとわかる。

エメリーヌにとっては昔何度も自分でつくった、フィリップとミシェルにとってもよく食卓に上った馴染みの料理だ。昔と同じようにまず汁を味わって、ポワール一家はあらためて眼を見張った。

「……ど」

一言発して絶句してしまった息子の後を、父親と母親が呆然と続けた。

「……どういう、ことだ」

「煮込み汁……よね？」

彼らが驚いた理由は二つ。

一つは、当然のように故郷の魚介の味を予想して口に入れたら、未知の味だったからだ。

濃い色の汁のせいで元の姿がわからないが、魚も貝も彼らの地元で取れるものとは種類が違う。

結果、まったく異なる味の出汁《だし》が出ている。

だが、使われている香味野菜や調味料、すなわち味の組み立ては間違いなく煮込み汁だ。

理由のもう一つは鮮度である。

漁港《ぎょこう》に近い土地に育った者にとって、魚の味は鮮度と直結している。どれほど保存技術が発達しても、輸送方法が進歩しても、取れたての魚だけを食べてきた人間には、何か違うと感じてしまう。

ところが、この煮込み汁の魚も貝も、たった今、水揚《みずあ》げされたばかりのような活きの良さなのである。

鮮烈《せんれつ》な潮の香りが口内いっぱいに広がり、香味野菜は臭《くさ》みを消すためではなく、生気あふれる魚介を舌《した》の上で舞わせるために最大の効果を発揮《はっき》している。

三人とも夢中で料理を食べ始めた。

「……こんな煮込み汁があるなんて！」

具は言うまでもないが、魚介と香味野菜の出汁が濃厚に味わえる汁もたとえようもなく美味しくて、スプーンで残らずすくって空にした。

皿を下げに来た給仕に、ミシェルは満面に笑みを浮かべて話しかけたのである。

「驚いたよ。まるで取れたての味だ」

「はい。取れたてですよ」

青年も笑顔で言った。

「料理長がお友達の漁師さんに頼んで、夕方に漁《りょう》に出てもらったんです。先程、厨房に届きました」

エメリーヌが感嘆の声を洩らした。

「どうりで……。たいへんな贅沢だわ」

ルウはミシェルを見て、小声で続けた。

「オーナーには事後承諾《じごしょうだく》になってしまいましたが、『捕《と》ってきた以上は食わせろ』とご希望で、二階の個室で同じお料理を召しあがっています」

ミシェルは笑って頷いた。

「ソールさんか。もちろん、かまわないよ」

「ですけど、あの人、相当お冠《かんむり》でしたよ。『雑魚を捕ってこいってのはどういう了見だ！』って」

青年も面白そうに笑っている。

ソール・レンは腕利きの漁師だから、普段は網《あみ》に掛かっても海に放してしまうような小魚や小海老《こえび》を山盛り持ってこいという注文に腹をたてたのだろう。

しかし、煮込み汁は何種類もの魚を使ったほうが、濃厚で複雑な出汁が出る。

それは彼らが味わった料理で証明されているから、ミシェルは真顔で首を振った。

「ソールさんは根っからの漁師だ。今の煮込み汁を食べれば納得してくれるはずだよ」

「ぼくもそう思います」

次の皿は酢で軽く締めた魚と筍《たけのこ》だった。

身の赤い小魚はポワール一家の馴染みのもので、カレイラでは青魚《あおざかな》と呼ばれている。安く手に入る魚の代表格だが、口に含むと煮込み汁とはまた違う、すっきりとさわやかな香りと味が染み渡る。

その旨《うま》みに負けない筍の甘さと、かすかな苦みが魚の味を引きたてて、見事な一皿に仕上がっている。

サラダの代わりに出されたのは春の野菜と根菜のジュレ寄せだ。見た目も楽しく、味も素晴《すば》らしく、あっという間に食べ終えてしまう。

魚料理は白身の魚に白いクリームソースを添えた料理だった。付け合わせの野菜は軽く焼いてある。

軽い焼き加減の魚と白いソースの甘みに対して、野菜の香味が何とも絶妙なアクセントになっている。

白身の合間に野菜を口にすることで、身はさらに旨みを増し、野菜もまた白身によって味わいを増す。

ここまでくると、ポワール一家は陶然としていた。

主菜として登場したのはフライドチキンだった。

これまた典型的な家庭料理である。それも極めて庶民的《しょみんてき》な料理だが、テオドールが出してくるものがただのフライドチキンであるはずがない。

一家は慎重に料理を切り分けて口へ運んだ。

そして今度こそ何も言えなくなった。

今まで食べてきたものがフライドチキンであるとするなら、これは違う。圧倒的に違う。

仮に調理法が同じだとしても、同じ鶏《とり》だとしても、明らかに別の料理だ。

まず鶏肉が美味《うま》い。桁違《けたちが》いに美味い。

加えてその旨みを存分に発揮させている料理人の腕が決定的に違っている。どんな衣と香辛料を使い、どんな揚げ方をすればこんな味に仕上げられるのか、実際に食べながら見当もつかなかった。わかるのは信じられないほど美味しいというその事実だけだ。

フィリップもエメリーヌもミシェルも、ほとんど感動に震えながらフライドチキンを味わい、途中でエメリーヌがちょっと目頭を押さえた。

「……いやだわ。涙が出てきた」

フィリップも目尻にかすかに涙を滲《にじ》ませている。

ミシェルも無論、例外ではない。

料理を味わうことで全身を浸《ひた》す幸福感に心地よく酔《よ》わされていた。

ふと見上げれば、そこに『暁の天使』がいる。

複製はいらないと言ったテオドールは正しかった。

料理と絵画、まったく別の分野だが、これほどの感動の坩堝《るつぼ》に巻き込まれながら、これほどの至上の幸福に心震わせながら、顔を上げた時、視線の先にあるのが複製画であったなら、何もかも台無しだ。

あの無愛想で不器用な男は自分の実力を果たしてわかっているのかいないのか……。

総菜と家庭料理だけで、これほど豪華《ごうか》なコースに仕上げられるものかと、あらためて驚嘆しながら、ミシェルはきれいに料理を平《たい》らげていた。

ため息とともに感想を洩らす。

「……彼こそは料理の神だ」

食事を終えたフィリップもエメリーヌも、息子の言葉に厳《おごそ》かに頷いたのである。

黒髪の青年が現れて、笑顔で声をかけてきた。

「お料理はいかがでしたか?」

フィリップとエメリーヌが吐息とともに言う。

「感服の至りだ。素晴らしかったよ」

「ええ、本当に。皆さんの評判通り、いいえ、それ以上のものを味わわせていただきました。料理長に心から感謝していますとお伝えください」

ミシェルも興奮《こうふん》を抑えきれない様子だった。

「初めて彼の料理を食べた時、目玉が飛び出るかと思ったよ。椅子に座っているのに腰が抜けるかとも思った。あれからちっとも変わっていない――いや、あの時以上の驚きだ。いつ食べてもテオの料理には本当に……」

言葉を探して、ミシェルは少し考えた。

「人生を変えさせられるよ。こんなことを言ったら大げさに聞こえるかもしれないけど……」

「いいや」

フィリップが首を振る。

「今日出していただいたのは、わたしと妻が若い頃食べていた料理がほとんどだ。――そのおかげかな。あの頃を思い出したよ。わたしたちは貧しかったが、希望に燃えてもいた。一見、無謀《むぼう》に思えることにも挑戦する勇気を持っていた。久しぶりに、あの頃の新鮮な気持ちが戻ってきたようだよ」

「わたしもよ」

エメリーヌが美しく微笑して言った。

「不思議ね。若い頃のあなたが見えた気がしたわ。わたしは赤ちゃんのミシェルを背中にくくりつけて、汗を流しながらフライドチキンを揚げているの」

「覚えているよ。あの頃の何よりのご馳走だった。付け合わせにシュケイユも出てきたな」

「あなたはいつもシュケイユだけ残そうとするから、子どもが好き嫌いを真似したら困るでしょうって、よく怒《おこ》ったわよね」

「ああ。それで、家を建てられたら、シュケイユは免除《めんじょ》してくれと頼んだんだ」

「料理長はわたしたちの経歴をご存じで、わざわざ今日のお料理を出してくださったのかしら」

「それはわたしも気になっていた」

フィリップは近くの卓《テーブル》を見て言った。

「どうやら、他の卓の方たちとは違う献立《こんだて》を出していただいたようだが、オーナーの家族ということで特別に計らってくれたのかな？」

他の卓に気づく余裕があったのはさすがである。

ルウは笑って首を振った。

「他のお客さまと違うお料理をお出ししたのは確かですが、オーナーのご家族だからではありません。皆さんがカレイラのご出身だからです」

「ほう？」

青年はミシェルを見て続けた。

「料理長はオーナーの昔の同僚ですから、ご両親がカレイラのご出身なのも知っていたのでしょうね。――料理というものは、食べる人に喜んでもらえて初めて意味がある。うちの料理長の信条です」

フィリップは頷いて、ちょっと悪戯《いたずら》っぽく言った。

「もっともだ。とはいえ、他の店では考えられない大胆な献立だったな」

青年も微笑して頷きを返した。

「はい。――大きな声では言えませんけど、裏方で料理人の皆さんが揃って真っ青になっていましたよ。本当にそれをお客さまに出すのかって」

無理もない。

客によっては怒り出してもおかしくない暴挙だが、フィリップは楽しげに笑った。

「まったく、驚かされたよ。同時に、久々に食事を楽しませてもらった。——ありがとう」

　エメリーヌも笑顔で言った。

「デザートが楽しみだわ」

「すぐにお持ちします」

　青年が離れていき、一家はまた、今食べた料理の感想を話し合ったが、フィリップは一経営者として、素朴《そぼく》な疑問を呈したのである。

「ミシェル。ホテルが正式に開業した後は料理長が交代すると聞いたが、なぜなんだね。交代する人はこの料理長と同じくらいの腕前なのか？」

　思わず吹き出したミシェルだった。

「——それは天地がひっくり返ってもありえないよ、父さん」

「どういうことだね」

「ぼくもいろいろな一流料理店で料理を食べてきた。美味しいと思った店、贔屓《ひいき》にしている店もたくさんあるし、天才だと思う料理人も何人かいる。だけど、料理に関しては、昔からぼくの意見は変わらないよ。——『テオ』と『それ以外』だ」

　父親は呆れて言った。

「要するに、交代する料理人は、テオ料理長ほどの腕前ではないということか？」

　それを言っちゃあおしまいよ、である。

　ミシェルは苦笑しきりで父親をなだめたのだ。

「料理長候補の二人は『ザック・ラドフォード』と『ミヨン』の一番弟子だ。才能ある若者だよ」

「しかし、テオ料理長には及ばないのだろう？」

「それは仕方がないんだよ。ラドフォード料理長とシンクレア料理長でもテオとは比肩できないんだ。彼ら自身がそれを認めているからね」

「わからんな。では、なぜ交代させる？」

　フィリップには理解できなかったらしい。

「どう考えても損失にしかならない。商売人としてあり得ない選択だぞ」

　エメリーヌも身を乗り出して言ったものだ。

「本当にそうよ、ねえ、ミシェル。テオ料理長に、ここに残ってもらうことはできないの」

「確かに、このシティでいつでも好きな時にテオの料理を食べられたら最高だけどね。無理なんだよ、母さん」

　ミシェルは首を振った。

「テオの店は連邦大学惑星《ティラ・ボーン》にあるんだ。普段の彼はそこから決して動かない。今は店舗が改築中だから、特別に来てもらえただけなんだよ」

　両親はそれでは納得しなかった。

「新しい店舗は他の人に任せるという手もあるぞ。シティは名だたる料理店が軒《のき》を連ねている料理界の激戦区だ。ここに店を構えたほうが、テオ料理長も腕の振るいがいがあると思うがな」

「何か、どうしても、そのお店でなければならない理由があるのかしら？」

　母親の疑問にミシェルは頷いた。

「亡くなった奥さんと二人で開いた店なんだ。彼は奥さんをたいせつにしていたからね。それに――」

　以前にテオドールの息子のヨハンと話したことを思い出して、ミシェルは言った。

「何でも、その土地の水がいいらしい」

　両親はきょとんとなった。

「水だって？」

「水にそんなに味の違いがあるの？」

「ぼくもそう思う。少なくともぼくにはここの水と、連邦大学惑星《ティラ・ボーン》の水の味の違いはわからない。ただ、テオは天才だ。その彼があの店を動かないと決めている以上、どうすることもできないよ」

「そんなに簡単に諦《あきら》めるのか？」

　フィリップには納得できないようだった。

「あまり感心しないな。難しい案件だからと言って、すぐに投げ出すようでは、商売人として失格だぞ」

　息子も負けていない。

「父さんが言うのは成功の見込みがある場合だろう。最初から不可能とわかっているものに手を出すのは時間と資金の浪費に終わるだけだ。それこそ商売人失格じゃないか」

「いいや、利益を追求するばかりが商売ではない。もちろん、ただ金を失うのはばかげたことだが……損して得取れという言葉もある」

「そんなことを言って、開店後のこのホテルが赤字続きだったら、父さんは絶対文句を言うだろう」

「それは実際に数字を見ないとなんとも言えないな。改善の見込みのある赤字なら話は別だぞ」

話がそれそうになったので、母親は中立の立場で息子に問いかけた。

「ミシェルは、テオ料理長を連邦大学の店から引き離すことは不可能だと思っているのね？」

「奥さんが亡くなったと聞いた時はそれも考えたよ。事情が変わったんだ」

息子は母親に答え、父親に向き直った。

「新しい店舗は生前の奥さんが設計したものなんだ。あの店にテオが戻らないなんてことはあり得ない。そもそも、ああいう人種に普通の商談は通用しない。ぼくに根気がないと責めるのは筋違いだよ」

フィリップはまだ諦めきれない様子だった。

そこに新たな皿が運ばれてきたからなおさらだ。

デザートは二品出てきた。一つは素材の味を極限まで活かした無花果《いちじく》のコンポートにカカオの粉末《ふんまつ》を振った甘いクリームチーズ、ココア味のビスケット。

もう一品は彼らの馴染みの菓子だった。

一見するとプディングのようだが、澱粉《でんぷん》を加えたどっしりした質感で、表面に振った砂糖を焦《こ》がして、ほろ苦い、ぱりっとした食感を足してある。

三人とも懐《なつ》かしさに相好《そうごう》を崩しながら匙《さじ》を使い、一口食べて、またしても驚愕《きょうがく》した。

「――こ、これは！」

「――まあ！」

ミシェルとエメリーヌは大きな驚きに眼を見張り、

フィリップは絶句して、なめらかな菓子を味わった。

地元では頻繁《ひんぱん》につくられる素朴な家庭の菓子だ。

何度も食べたことがある思い出の味でもあるが、元来の素朴さに加え、一流菓子店で売られていてもおかしくないような高級感が備わっている。

焦がした砂糖のほろ苦さと、とろけるようなカスタードの甘みが口の中で交わり、絶妙の調和を醸《かも》し出しているのだ。

エメリーヌが呆然と呟《つぶや》いた。

「これは……卵が違うんじゃないかしら。牛乳もよ。それにこのカラメル……信じられないわ。どうしてこんなに美味しいのかしら」

ミシェルが頷いた。

「たぶん砂糖も違うんだよ。だけど、一番の違いはつくった人間だと思う。ただ砂糖を焦がすだけでも、テオがやると他の人とは全然違う味になるんだ」

同僚を思い出して、ミシェルは微笑した。

「アンヌが——奥さんがよく言ってた。ごく普通の珈琲でも紅茶でも、テオが淹《い》れると抜群に美味しくなるって」

フィリップはもう一匙を口に入れて、じっくりと味わって言った。

「……それでは、今日の珈琲もテオ料理長が淹れてくれるのかな」

「そのはずだよ」

さらに食後酒として檸檬《レモン》の果実酒が出された。

一家はまたしてもうっとりと絶妙の甘みに酔い、最後に珈琲で晩餐《ばんさん》を終えたのである。

フィリップもエメリーヌもミシェルも、それほど珈琲にうるさいわけではない。

それでも、この珈琲にはどんな珈琲通《つう》でも文句は言わないだろうと確信できる味だった。

席を立ったポワール一家は他の客と同じように、兎《うさぎ》の連作の絵に見入り、黒服の従業員に見送られて通路に出て、壁に輝く蝶《ちょう》と妖精《ニンフ》に引き寄せられた。

そこにそれがあるとわかっているミシェルでさえ、

幻想的な美しさに思わず足を止めたくらいだ。

特にエメリーヌは宝石でできた蝶と妖精《ニンフ》に興味を惹《ひ》かれたらしく、熱心に眺《なが》めていた。

「綺麗《きれい》ねえ！　これはブローチかしら？」

「うん。それもテオが飾りたいと言ったんだよ」

フィリップは現実的な性格なので、別の視点から感想を述べた。

「きみが持っているブローチに比べると、ずいぶん大きいようだが、これを胸につけるのかい？」

「わたしはつけませんよ。今時の女性たちなら誰もつけないと思うわ。――昔の人たちは本当にこれをドレスに留めて歩いたのかしらね」

息子が言った。

「これはブローチというくくりではなく、芸術品に分類されるものなんだよ」

何しろ値段が半端《はんぱ》ではないのだ。

「料理長はたいへんな美術感覚《センス》をお持ちなのね」

エメリーヌは感心しきりだったので、息子は母の気持ちを傷つけないように、心の中でそっと呟いた。

（こと、『店に飾る』という点に関してだけはね）

それ以外ではむしろ美術音痴の類《たぐい》である。

庭へ出ると、夜空に星が輝いていた。

さわやかな緑の香る外気が心地よく、ミシェルは大きく息を吸い込んだ。

両親は大都会の建物の屋上に広がる緑に感心して、息子に笑顔を向けてきた。

「すてきなお庭ね」

「周りの建物が見えないようにしてあるのはいいな。美味しい食事の後に、実にくつろげるよ。願わくば、料理長が交代した後もまた訪ねたいものだ」

夫妻はこの夜、息子の経営するホテルに一泊した。

8

ポワール夫妻はルームサービスで朝食を取った後、仕事中の息子の元にやってきた。

エメリーヌは久しぶりに友人たちと会うそうで、嬉《うれ》しそうに話している。

「皆さんに昨日のお料理のことをぜひ話さないと」

息子は苦笑しながら、やんわりと釘を刺した。

「母さん。あんまり自慢《じまん》しないでほしいな。昨日も言ったけど、ここでテオの料理が食べられるのは、あくまで期間限定なんだからね」

「わかっていますよ。滅多《めった》な人には話さないわ」

母親が執務室《しつむしつ》を出て行くと、父親はちょっと話をしないかと息子を誘って、隣の空間《スペース》の応接間に移り、立派な革張りの長椅子に向き合って腰を下ろした。

「昨日はゆっくり休ませてもらったよ。あの部屋が標準《スタンダード》なのか？」

「そうだよ。他にも多少の変化《バリエーション》があるけど、一泊何十万もする大型《グランド》スイートはないんだ。ここは隠《かく》れ家《が》ホテルだからね」

フィリップは悪戯《いたずら》っぽく笑った。

「代わりに標準型《タイプ》でもかなりの値段を取るだろう。もっとも、それだけの価値はあったと評価するよ。同価格の高級《ラグジュアリー》ホテルの部屋と比べると小さいが、窮屈《きゅうくつ》な感じはなかった。こぢんまりとしていても、贅沢《ぜいたく》なつくりなのは見ればわかる」

「父さんに及第がもらえたのは嬉しいな」

「商売のことではお世辞は言わないぞ。一泊で帰るのが惜しいくらいだ」

「それが狙いなんだよ。できれば三泊以上滞在してもらえれば、うちのよさがわかってもらえると思う。まずはリピーターの獲得を目指してるんだ」

「ここに泊まっている友人たちからも、高い評価をもらっている。しかし……」

フィリップは昨晩からの懸念《けねん》を口にした。

「問題はテオ料理長が帰った後だ。――最悪の場合、現在泊まっている試験客を失うことになるぞ」

「うん。一時的にはそれも覚悟しているんだ」

父親はほとほと呆《あき》れた顔になった。

では、なぜ、テオドールを連れてきたのか、なぜ帰すのかと言いたいのだろう。

まして、著名人ばかりが今は集まって来ている。

普通はその人たちに常連客になってもらうことを考えるはずなのに、逃す羽目になってもいいのかと詰問したかったが、それは飲み込んで、別の問題を指摘した。

「もう一つ、店に入った時に不思議に思ったが、なぜ複製画の前の空間をあんなに開けてあるんだ？　卓《テーブル》があと二つは置けるだろうに」

ミシェルは何か言おうとして、ふと表情を変え、あらたまった口調で尋《たず》ねた。

「父さん。秘密は守れるかい？」

「どうした、急に？」

真剣な顔で念を押す息子に父親は苦笑した。

それ以上に、ずいぶん初歩的なことを質問すると思った。

「商売には守秘義務を伴うものがたくさんあるんだ。知らないわけじゃあるまい。わたしはいつだって、守る必要がある秘密なら守ってきたぞ」

「母さんにも内緒だよ」

「それは難しい注文だな」

この時点ではまだフィリップの顔には笑みがある。

息子ももう四十代だが、いくつになっても親子は親子である。こうしたやりとりが楽しかったのだ。

だが、仕事の内容に関しては（その必要があれば）フィリップは妻にも完璧《かんぺき》に隠し通してきた男だ。

息子もそれを知らないはずはないのだが――と、少々首を傾《かし》げながら問い返した。

「ずいぶん大仰《おおぎょう》な念押しだな。それほどたいへんな秘密なのか？」

「ああ。心の準備をした上で聞いてほしい」

何とも思わせぶりな前置きである。

身を乗り出し、声を低めて、ミシェルは言った。

「あれは本物だよ」

「——何？」

意図的に区切るような口調でミシェルはもう一度、その言葉を繰り返した。

「だから、あの絵は、昼間はエレメンタル美術館に展示されている、本物の、『暁の天使』なんだよ」

フィリップ・ポワールは一代で巨万の富を築いた辣腕《らつわん》の実業家だが、その彼にして耳を疑った。

息子の顔を凝視《ぎょうし》して訊《き》いた。

「……おまえは何を言っているんだ？」

一瞬、息子がおかしくなったかと思っても無理はないが、ミシェルは無言で手元の端末を操作して、とある項目《こうもく》を父親に見せた。

エレメンタル美術館の公式頁《こうしきページ》だった。

カトリンがリィに語ったように、当分の間『暁の天使』は展示時間を短縮《たんしゅく》するというお知らせである。

フィリップは穴の開くほど端末を見つめ、息子を見つめ、もう一度それを繰り返して、再度言った。

「……何を言っているんだ？」

ミシェルは深いため息をついて言ったのである。

「……ぼくも心からそう思うよ」

息子がどうやら冗談を言っているわけではないと、フィリップは悟ったが、まだ理解が追いつかない。

フィリップがこんなにも啞然《あぜん》とした顔を晒《さら》すのは極めて珍しい。他の時なら揶揄《やゆ》したかもしれないが、今のミシェルにそんな余裕はなかった。

声を低めて、恐ろしい秘密を話し続けた。

「あの絵は毎日、開店直前の夕方になって、密かにエレメンタルから運ばれてくるんだ。夜中の閉店後、また戻されている。昨日もそうだったはずだよ」

「——だから、おまえは何を言っているんだ！」

三度目は既に悲鳴だった。

「不可能だ！　あれは人類の文化遺産《ぶんかいさん》だぞ！」

「言われなくてもわかってるよ！」

　子どものような口調で言い返し、ミシェルは頭を抱えた。

「正直、未《いま》だに信じられないよ。いったい、どんな非常手段を使えば、あの絵をエレメンタルの壁から引きはがして、民間の――よりにもよって飲食店に飾ったりできるのか……。だけど、ドミニク研究の大家《たいか》のスタイン教授がほぼ連日、うちに通い詰めているってことは……昨日はたまたまいなかったけど、他に考えようがない」

　フィリップは呆然《ぼうぜん》として長椅子に沈み込んだ。

「……なぜだ？　なぜ、そんなことに？」

「テオが希望《きぼう》したんだよ。あの壁に『暁の天使』を飾りたいって。そういうとんでもないことを本気で言うのがテオの怖《こわ》いところなんだ。常識で考えれば到底聞けない無謀《むぼう》な要求だ。妥協案《だきょうあん》として、複製画を用意してみた。ぼくは絵画の専門家じゃないが、かなりよく出来た複製だったと思う。――ところが、彼は一目見るなり『いらねえ』と言い放って、即刻、撤去するはめになったんだ」

「テオ料理長はそれほど美術に造詣《ぞうけい》が深いのか」

「とんでもない。彼はむしろ美術音痴《びじゅつおんち》の部類だよ。『暁の天使』のことも『髪《かみ》の毛の絵』って呼んでたくらいだ。作品名も画家の名前も作品の時代背景も彼は知らないよ。ただし、『店で使う』って条件が入れば話は別だ。ぼくは何度もこの目で見てるんだ。彼は決して偽物には騙《だま》されない。その彼が、夜毎《よごと》に運ばれてくるあの絵に何も言わないってことは……そういうことだと思う」

　到底信じがたい話だった。

　フィリップの顔は驚愕《きょうがく》をありありと表し、息子は困惑と苦悩と心痛に苛《さいな》まれた顔をしている。

「最初は、パラデューさんが何か根回ししたのかと思ったけど……本人は否定《ひてい》してる。確かに、いくらパラデューさんでもこんなことはできっこない」

「シメオン・パラデュー氏か？」

問い返して、フィリップは一人頷《うなず》いた。

「そうか。美食家としても知られている人だから、テオ料理長を贔屓《ひいき》にするのは当然か……」

「それもあるけど、テオはパラデューさんの義理の息子なんだよ」

「――何？」

フィリップは今度は訝《いぶか》しむ顔になった。

「……彼とは二十年来のつきあいだが、お子さんは確か、ミッチェルと結婚したお嬢さんだけでは？」

「彼女の上にもう一人お嬢さんがいたんだよ。昔のぼくの同僚だった。アンヌは偽名で働いていたから、全然気づかなかったけどね」

今のミシェルは、ヨハンから、ある程度の事情を聞いている。料理人と結婚すると言った娘を父親は許さずに勘当《かんどう》し、娘は家を飛び出してしまい、以来、二十数年、娘が亡くなるまで父親とは疎遠《そえん》だったと。

「……残念だよ。そこまで反対する前に、一度でもテオの料理を食べていればと思う。その反動かな。今のパラデューさんはすっかりテオに夢中なんだ。現にあの妖精《ニンフ》を即金で買ったくらいだからね」

「壁龕《ニッチ》に飾ってあった、あれかい？」

「いくらだと思う？　三億七千万だよ」

フィリップは思わず珈琲《コーヒー》を吹き出しそうになった。

「……どれだけ高価な宝石を使ってるんだ？」

ミシェルは首を振った。

「妖精《ニンフ》はほとんど七宝《エナメル》だよ。素材の価格じゃない。ぼくも骨董宝飾品《こっとうほうしょくひん》には詳しくないから驚いたけど、美術品と同じだ。作品の出来映えと芸術性が価格に反映されるんだ。有名な美術品になると不動産より遥《はる》かに高価なのは知っていたけどね。骨董宝飾品の世界も同様なんだ。妖精《ニンフ》の作者はグッテンベルク、蝶《ちょう》はレニエ。その世界では双璧を成す巨匠《きょしょう》らしい」

「……それなら、蝶も億単位なのか？」

「どうかな？　あれはぼくが五千万で買ったんだ。ただ、売ってくれた人物の話では、本来ならこんな値段で買えるものではないみたいだけどね」

不動産や物流といった高額な取引を主にしている
フィリップは、しみじみと首を振った。

「……金銭感覚がおかしくなってくるな」

「話を戻すけど、テオは本物にしか興味を示さない。だけど、本物の『暁の天使』を美術館から持ち出すなんてことは彼には不可能だ。パラデューさんでも無理だよ」

「……だろうな。では、誰の仕業《しわざ》だ？」

ミシェルは肩《かた》をすくめて両手を広げて見せた。

「ぼくにはわからない。お手上げだよ。ただ……」

「──何だ？」

「ルーファス・ラヴィーくんが関わっているらしい。昨日ぼくたちの給仕をしてくれた青年だよ」

四度目の『おまえは何を言っているんだ？』を、フィリップは意志の力で飲み込んだ。

先程から、息子の話があまりにも荒唐無稽《こうとうむけい》すぎて、頭がついていかないが、一応、冷静に問い返した。

「……何者なんだ？」

「連邦大学の学生だよ。向こうではよくテオの店《ティラ・ボーン》にバイトで入っていると聞いた。彼は料理が得意で、テオとも普通に話が出来る貴重な人材なんだ」

貴重の基準がそんなことでいいのかと思いながら、フィリップは何とか要点を摑《つか》もうとした。

「一介の学生がエレメンタルに働きかけることなど、できるわけがない。どういう家柄《いえがら》の青年なんだ？」

ミシェルは肩をすくめた。

知らないという意味だ。

その時、外から扉を叩く音がした。

「失礼します」

軽い声がして、ミシェルが答える前に扉が開き、私服のミックが顔を覗《のぞ》かせた。

しかし、伯父《おじ》と祖父が揃《そろ》っているので、反射的に首を引っ込める。

「お邪魔しました」

フィリップが孫を引き留めた。

「今は勤務時間ではないのだろう。かまわないから、入って来なさい」

ミックはちょっと決まりの悪そうな顔をしながら部屋に入ってきて、ミシェルに話しかけた。

「伯父さん。シフトを変更させてもらえないかな」

すかさずフィリップが注意する。

「そこは敬語を使いなさい」

なかなか厳《きび》しい祖父である。

再度首をすくめて、ミックはいくらか姿勢を正し、事情を説明した。

給仕係にも料理人にも決まった休日がある。

ミックは一昨日《おととい》休んだばかりだが、急遽《きゅうきょ》、明日も休みにしてもらえないかというものだった。

「理由は？」

「パーティに招待されたんです」

伯父は苦笑し、祖父は呆れ顔になった。

その後の言葉が容易《ようい》に想像できたのか、ミックは急いで説明した。

「女の子と遊びに行くわけじゃありません。大学の教授が声をかけてくれたんです」

ミックが就職を希望している業界の有名人が大勢出席する集まりが明日あるという。本来なら一介の学生が顔を出せる場ではないのだが、ゼミの教授が、第一線で働く人々と接するのは何よりの勉強だから、希望する学生は連れて行くと言ってくれたそうだ。

ミシェルは納得して頷いた。

「そういうことなら、ぜひ出席するべきだね」

フィリップも同意した。

「人脈は力だからな。今のうちに顔と名前を覚えてもらういい機会でもある。しかし、明日のおまえの代わりはいるのか？」

「はい。休みを代わってくれる人を見つけました」

ミシェルが言った。

「それならかまわないが、テオの意見は？」

「伯父さんに訊け――だそうです」

「妙なところで律儀《りちぎ》なんだからな。――わかった。

シフト表の変更を忘れないように」

「はい。失礼します」

ほっとした顔で出て行こうとしたミックを祖父が呼び止めた。

「ここの仕事は、どんな具合だね？」

「はい。えーと……」

ミックは戸惑《とまど》った。祖父の問いが抽象的で答えに詰まったのか、あらたまった言葉でどう説明すればいいのか困惑しているようでもあった。

それに気づいて祖父は言った。

「これは業務相談ではないから普通に話していい」

ミックは安心したようで、笑顔になり、とたんに砕《くだ》けた口調になった。

「よかったぁ。もうしゃべりにくくってさ」

「露骨《ろこつ》だな。そんなことでは実際に社会に出た後に苦労するぞ」

苦言を呈して、フィリップは答えのわかっている質問をした。孫がどう答えるか知りたかったのだ。


「昨日、わたしたちの卓についてくれた人はずいぶん若かったが、どういう人なんだね？」

ミックは何も疑問に思わずに祖父の問いに答えた。

「ラヴィーさんだよ。連邦大学の学生で、料理長の店の常連だって、ヨハンが言ってた。――ヨハンは料理長の息子だよ。今朝のルームサービスをつくったのが彼なんだ」

「ほう？」

「ラヴィーさんは給仕もやるけど、料理もするんだ。料理長と話せる特技があるから、みんな助かってるみたいだよ」

ここでも特技の基準がおかしい。

フィリップは首を傾げて質問した。

「テオ料理長はそんなに気むずかしい人なのか？」

ミシェルとミックは苦笑して眼を見交わした。

ミックが肩をすくめて言う。

「気むずかしいっていうか、正直かなりの変人だよ。俺、未だにまともに話せる気がしないもん」

「彼は能力のすべてが料理に行っているからね」

　息子と孫はその点、既に匙《さじ》を投げているらしいが、祖父は諦《あきら》めきれなかった。

「しかし、テオ料理長をむざむざ帰してしまうのはあまりに惜しい。——息子さんやそのラヴィー氏はどう思っているのかな」

　シティで働くほうがテオドールのためでもあると、フィリップは確信していたし、そう主張もしたが、ミックは懐疑的《かいぎてき》な様子で首を捻《ひね》っている。

「どうかなあ。料理長がここにいるのは新しい店が出来るまでだって、二人とも考えてるんじゃないか。ヨハンは料理長の息子とは思えないほど普通の人で、ラヴィーさんは……」

　何かを思い出して、ミックはおもしろそうな顔になった。

「ラヴィーさんって、実は裏の世界の大物仲介者《フィクサー》か何かだったりして」

「……どうしてそう思うんだね？」

「開業初日に、ものすごい大物ばっかり来たんだよ。一番の大物がマヌエル二世！　もうびっくりだけど、あの二世がラヴィーさんに敬語を使ってるんだぜ。ちょっとあり得ないだろ」

　給仕係の間でもちょっとした騒ぎになったらしい。中には大胆《だいたん》に、どういう関係なのかと尋ねた給仕係もいたようだが、本人は『ただの知り合い』で、片付けたらしい。

　フィリップは不意に思いついた様子をつくって、孫に問いかけた。

「ラヴィーくんとヨハンと話をしてみたいんだが、いつなら時間を割《さ》いてもらえるかな」

　ミシェルが父親に素早《すばや》い一瞥《いちべつ》をくれる。

　その無言の制止に対し、フィリップは笑って首を振った。

「ミシェル。将を射んと欲すればまず馬を射よ、だ。本人に話が通じないなら、実の息子と貴重な特技を持っているラヴィー氏と話すのは当然だろう？」

見事に筋は通っている。ミックは祖父の思惑など知らないから、気軽に言ったものだ。

「今は大丈夫《だいじょうぶ》じゃないかな？　ルームサービスも終わる頃だし、ラヴィーさんはこの時間でも厨房《ちゅうぼう》にいるはずだよ」

フィリップはおもむろに、この建物のオーナーである息子に許可を求めたのである。

「部外者が立ち入ることになるが、いい機会だから、料理長の息子さんや、あの青年と、料理長の残留《ざんりゅう》について少し話してみよう。かまわないかね？」

ミシェルは真顔で父親に念を押した。

「——まあ、テオ本人よりは話が通じるだろうけど、くれぐれも余計なことは言わないでくれよ」

昼間のがらんとした店内へ行ってみると、確かに壁の大きな絵がなくなっていた。

フィリップは何食わぬ顔で孫に尋ねてみた。

「昨日は確か、絵が飾ってあったと思ったが……」

「ああ、あれね。毎晩運ばれてくるんだよ。なんでそんな面倒なことするのかな。借り物だそうだけど、レンタルでも三カ月って期限を決めたら、三カ月は借りっぱなしなのが普通なのに」

祖父と一緒に来たミックは、あの絵は複製画だと信じて疑っていない。

厨房を覗いて、控《ひか》えめに声をかけた。

「ヨハン、ラヴィーさん。ちょっといいかな？」

二人とも手が空《あ》いていたようで、すぐに出てきた。

ヨハンは今から上がるようで、白衣を脱いでいる。

黒髪の青年も昨日の黒服とはがらりと印象の違うエプロン姿だった。

ミックが両者を紹介する。

「祖父のフィリップ・ポワール。こっちは料理長の息子のヨハンと、ルーファス・ラヴィーさん」

フィリップは笑顔で若い二人に話しかけた。

「忙しいところをすまないね。少しきみたちと話がしたかったんだ。かまわないかな？」

二人は少々戸惑いながらも頷き、ミックは用事が済んだので、明るく言った。

「それじゃ、俺はこれで」

ミックが出て行くと、残った三人は自然と、今は誰もいない店内の卓の一つに腰を下ろした。

フィリップは時間を無駄《むだ》にはせず、まずヨハンに向かって、単刀直入に切り出した。

「話というのは他でもないんだ。何とかお父さんにシティに残ってもらうことはできないだろうか」

ヨハンはやや緊張《きんちょう》した面持ちで座っていたが、その顔が緩《ゆる》み、苦笑とともに首を振った。

「それは無理だと思いますよ」

「きみも料理人だと聞いた。わたしは朝食を部屋でいただいたが、立派に店を継《つ》げる味だ。連邦大学の店はきみが引き継いでもいいのではないかな？」

ルウが小さく吹き出した。

「それこそ無茶ですよ、フィリップさん」

「……そうかな？」


孫のような年齢の青年に親しげに名前を呼ばれて、フィリップは面食らったが、不快には思わなかった。

明るいところで見ると、この青年は宝石のような青い瞳《ひとみ》をしていた。

その眼が笑ってフィリップを見つめてくる。

「あのお店のお客さんたちはテオドールさんの味を知っているんです。ヨハンくんはいい料理人ですが、テオドールさんの味を求めるお客さんたちの要求をかなえることは出来ません」

ヨハンが苦笑しきりで抗議した。

「言わせてもらうけど、俺の力不足じゃないから、それ。親父の代わりって、誰にもできないから」

「実際、それで一度、お店が潰《つぶ》れかけたんだよね」

容赦《ようしゃ》なく指摘して、ルウはフィリップに言った。

「このホテルでテオドールさんを使い続けるのは、経営者として正しい判断とは言えないと思いますよ。少なくとも利益は出ません」

あの味でそんな馬鹿《ばか》なとフィリップは思ったが、

青年はやんわりとその抗議を封じて続けた。

「あなたは商売人ですけど、テオドールさんは違う。あの人には商《あきな》いができないんです」

「どういう意味だね？」

「ぼくの見る限り、ザックさんもチャールズさんも天才的な料理人であると同時に商売人でもあります。ちゃんと原価計算ができる。――いえ、店を構える以上は、最低限それができないと困るわけですが、テオドールさんには無理です。亡くなった奥さんがその点は全部仕切っていたんですよ」

ルウの隣で、ヨハンがおもむろに頷いている。

「たとえば昨日あなたが召しあがった煮込み汁です。あのお料理、原価いくらだと思います？」

「使ったのは雑魚《ざこ》ばかりだと、きみが昨日、自分で言ったんだぞ。高いわけがない」

「はい。魚介はそうです。ただし、調味料の一つに使ったお酒がとんでもないんです」

ヨハンが、おそるおそる打ち明けた。

「俺の月給の何倍もする白葡萄酒《しろぶどうしゅ》です」

ルウも苦笑して、

「それをあのお総菜に、どばっと！」

「みんな、必死で悲鳴を飲み込んでましたよ」

フィリップは呆れ顔になったが、ヨハンは真顔で、フィリップが言おうとしたことを先に否定した。

「そんな高級な酒を使ったんなら美味《うま》くて当然とは思わないでください。同じ酒を使っても、あの味は他の誰にも出せません」

「高ければ美味しいってものでもないしね」

ルウも諦めたように笑っている。

「テオドールさんにとって、食材の値段は問題じゃないんです。高いか安いかではなく、美味しいのか、美味しくないのか。それだけが基準なんです」

フィリップは呆気《あっけ》にとられながらヨハンに尋ねた。

「――連邦大学のお父上の店はなぜ潰れない？」

直球過ぎる質問である。

ヨハンは気まずそうに赤面しながら答えた。

「……お恥《は》ずかしい話ですけど、俺も子どもの頃はそういう事情はわからなかったんです。うちの店は儲《もう》かっているわけじゃないけど……お金には困ってなかったもんですから」

「亡くなった奥さんは、お父さんのパラデューさん曰《いわ》く、投資の天才だったそうです。奥さんはお金を増やす方法を知っていた。そしてテオドールさんに思う存分料理をつくってもらうために、その才能を遺憾《いかん》なく発揮《はっき》していたんです」

　ヨハンがますます気まずそうにしている。

「母さんが亡くなるまで全然気づかなかったけど、うちって……実はかなり裕福だったみたいです」

　何とも間抜けな台詞《せりふ》だが、事実だ。

　ルウが慰《なぐさ》めるようにヨハンに話しかけた。

「わからなくても仕方がないよ。テオドールさんは利益を出すことに全然興味を示さないからね。逆に奥さんはその点に関しては正真正銘の天才だった。ご両親が出会ったのは本当に運命だったんだよ」

　しかし、アンヌはもういない。

　フィリップは心配になって尋ねてみた。

「店舗《てんぽ》の資産管理は、今はどうしているんだね？」

「パラデューさんが代わりにやってます。あの人も最初は——多少なりとも利益を出すべきだと考えたみたいですけど——経営者としてなら当然ですけど、結局は諦めてました」

　それは通常、諦めてはいけない事柄だが、ルウは悪戯っぽい眼をフィリップに向けた。

「ご子息は賢明《けんめい》だと思いますよ。テオドールさんをここに連れてきたのは儲けるためじゃない。新しいホテルの宣伝のためでもない。将来のレストランを率いていく若い人たちに、テオドールさんの仕事を間近で体験させることです」

「……しかし、きみの話が本当なら、料理長の技《わざ》は誰にも真似ができないのだろう。見せたところで、学び取ることはできるのかな？」

　さすがは苦労人の発言に、ルウは微笑した。

「技術は無理でしょうね。ですけど、心構えなら。――少なくともテオドールさんの仕事を間近に見て、まったく何の影響も受けないでいるほど、二人とも感性の鈍《にぶ》い料理人ではないはずです」

「それは、彼らにとっていい影響なのかな？」

「どうでしょう？　今のところは、かなりの精神的打撃を食らい続けているみたいですけど」

「……笑い事ではないな」

フィリップは嘆息《たんそく》して、ちょっと笑った。

「息子の仕事に口を挟むつもりはないが、できれば、成功してもらいたいんだがね」

青年は笑って請け合った。

「大丈夫ですよ。――このホテルは成功します」


話を終えた二人は立ち上がったが、フィリップは思い出したように二人に声をかけた。

「せっかくだから料理長に紹介してもらえないか」

ヨハンと青年は何とも言えない顔を見合わせた。

「今なら大丈夫だとは思いますけど……」

ヨハンが躊躇《ためら》いながら言う。

「ただ、息子の俺が言うのも何ですけど、まともに話せる人じゃないんで……どうかなあ？」

心配そうなヨハンに、ルウが言った。

「ぼくが案内しますよ。ヨハンくんはもう上がって。カトリンと赤ちゃんが部屋で待ってるんでしょ」

「ああ。悪いけど、お願いできるかな」

「ちっとも悪くないよ。自分で言うのも何だけど、あの子たちがいない今はぼくが最適任者だ」

ヨハンは小さく吹き出した。

「――違いない。ポワールさん。すみませんけど、ぼくはこれで失礼します」

会釈《えしゃく》して、ヨハンは厨房へ戻っていった。

奥にある従業員用の昇降機で下に降りるのだろう。

続く形でルウとフィリップは厨房に入った。

まだ午前中なのに、既に大勢の料理人の姿がある。

彼らの中心にいながら全員が憚《はばか》っている人がいて、

それがテオドールだと、ルウは身振りで示した。

フィリップは目下のところの料理長を興味深げに観察したのである。

彼は何か根菜の皮を剝《む》いているようだった。

野菜の皮を剝くのも切るのも自動でできる便利な機械があるのに、わざわざ包丁《ほうちょう》を使っている。

フィリップは興味深げにその人物を観察した。

昨夜の芸術的とも言える料理から思い描いていた人物像とはまったく異なる風貌《ふうぼう》だった。

気むずかしいという息子や孫の話から、無意識に気まぐれで繊細《せんさい》な芸術家肌の人を想像していたが、この横顔を見ただけでも違うとわかる。

昔気質《むかしかたぎ》で頑固一徹《がんこいってつ》、熟練した職人そのものだ。

「テオドールさん。ちょっといいですか」

呼びかけられた人が手を止めて、こちらを見る。

たったそれだけの仕草に対し、他の料理人たちが驚きの表情を見せたことにフィリップは気がついた。

何にそんなに驚くのか、内心で首を捻っていると、ルウは明るい口調でフィリップを紹介した。

「こちらフィリップさん。ミシェルさんのお父さん。昨日のお料理がとても美味《おい》しかったそうですよ」

テオドールは両手に食材と包丁を持った状態で、少し頭を傾《かたむ》けた。

賞賛に対する礼のつもりらしい。

相手がこの状態では握手を求めるのも躊躇われて、フィリップは出しかけた右手を引っ込めて言った。

「本当に素晴らしかった。妻も感服していました。ご相談があるのですが、このホテルが開業した後も、ここで仕事を続けてはもらえませんか？」

それは長年商売に携《たずさ》わってきたフィリップの直感だった。こういう型《タイプ》の人には回りくどい言い回しや社交辞令は意味がない——というより通用しない。

礼儀は守りながらも可能な限り単刀直入に用件に入ったつもりだったが、これでもまだ甘《あま》かった。

テオドールは無言でフィリップを見つめていたが、その視線がルウに向けられる。

黒髪の青年はすかさず『通訳』した。

「フィリップさんは、あなたに、連邦大学のお店に帰って欲しくないんですって」

「……何でだ？」

「うーん。それを言われると、ぼくも何でかなって思うんですけど――何でですか？」

真顔で尋ねられて、フィリップは半ば呆れ、半ば困惑した。

なるほど常識が通用しない。

あらためて、熱心に語りかけた。

「あなたの料理の腕前は比類がないものです。その実力にふさわしい評価を得るべきです。シティは言わずと知れた料理の一等地ですから、この街で名を馳《は》せることは、すなわち共和宇宙一の料理人であると認められることに他なりません」

テオドールは無言だった。そもそもフィリップの言葉が耳に届いているかどうかも疑わしかったが、ぼそりと言った。

「……あっちの店ができたら、俺はあっちに帰る。この店は若い奴らが仕切るって聞いたぞ」

彼の中ではそれは揺《ゆ》るがない決定事項なのだ。

フィリップは攻め方を変えてみることにした。

「あなたから見て、その二人の技倆《ぎりょう》はいかほどのものなのかな？」

わかりやすく質問したつもりだが、テオドールはまた沈黙してしまう。

青年が微笑しながら、彼にわかる言葉に直した。

「ヨハンくんに聞きました。最初に二人のお料理を食べた時、お金は取れないって言ったそうですね。――今もそう思ってますか？」

料理人が二人、ぎょっとして振り返った。

これが話題の料理長候補なのだろう。

テオドールを凝視する若い顔には不安と焦燥《しょうそう》と――恐怖すら窺《うかが》える。

二人が固唾《かたず》を呑《の》んで見守る中、テオドールは少し考えて、面倒くさそうに言った。

「……今はそうでもねえな」

「及第点に達しました？」

「……いんや」

振り返った二人がおもしろいくらい有頂天になり、一瞬で急降下して、どん底に沈んでいる。

テオドールは二人の様子には気づいた様子もなく、淡々《たんたん》と続けた。

「点数なんてのは客が好き勝手につけりゃあいい。俺が決めることじゃねえ。が……」

「が？」

「少なくとも、ラドとチャーリーの真似っこじゃあなくなった」

若い料理人二人は今度こそ愕然とした。

フィリップはその様子を視界に捕らえていたが、二人とも大仰に言うなら、歓喜のあまり叫びそうになったのを懸命《けんめい》に抑え込んだように見えた。

強く拳《こぶし》を握りしめて、再びテオドールを見る。

無上の尊敬が込められた熱い視線だった。

部下からこんな眼で見つめられたら上司冥利《みょうり》に尽《つ》きるところだが、残念ながらテオドールは知るよしもない。

フィリップは内心で苦笑しながら割り込んだ。

「あなたは二人のうちどちらを推挙《すいきょ》するのかな」

「……何のことだ？」

怪訝《けげん》そうに言われて、フィリップは根気よく話を繰り返した。

「何と言われても、あなたの後継者を選ぶのだから、あなたの意見が重要視されるはずだが」

「決めるのは俺じゃねえ」

即答されてしまう。

フィリップはそれでもくじけなかった。

だが、どう言えばこの職人気質の男に通じるのかわからず、情けないことに青年を見た。

ありがたいことに、ルウは視線の意味をちゃんとくみ取ってくれて、代わりに説明してくれた。

「フィリップさんはバートくんとジャイルズくんの

腕前が気になるんですよ。どちらが優れているのか、あなたの判断を訊きたいみたいです」

ちょっと苛《いら》だったようにテオドールは言った。

「料理に勝ち負けなんざねえ」

「…………」

「料理人に上も下もねえ。美味《うま》いか、美味くないか、それだけだ」

持論を展開して、テオドールは慎重《しんちょう》に付け加えた。

「何が美味いかは、食った人間が決めることだ」

ルウが微笑して、後を続ける。

「そして何が美味しいかは、その人によって違うんですよね」

「……ああ」

ルウは今度はフィリップに言った。

「つまり、テオドールさんが言いたいのは、二人の技倆に優劣《ゆうれつ》はないということだと思いますよ」

テオドールは肯定《こうてい》も否定もしなかった。

黙って、仕事の続きに取りかかった。


話は終わりということらしい。

フィリップにはまだまだ言いたいこと、聞きたいことがあったが、今は断念するしかなさそうだった。

青年と一緒に厨房を出て、思わず嘆息する。

「……聞きしに勝《まさ》る難物《なんぶつ》だな」

「あの人の頭の中には、連邦大学に戻らないという選択肢は存在しないんですよ」

そこで諦めてしまっては交渉人として失格だが、息子の指摘は正しかった。ああいう人種は地位でも名誉《めいよ》でも金でも動かない。

では何が有効かというと、フィリップにも覚えがあるのだが、直接の利益とは関係ないことで意外に動いてくれたりするのだ。

たとえば、一緒に酒を飲んで盛りあがったとか、賭事《かけごと》に興じたとか、同じ趣味《しゅみ》があるとか、同郷とか、家族へのプレゼントとか。

しかし、どれも、あの男には通用しそうにない。

試みに尋ねてみた。

「きみなら、あの御仁《ごじん》をどう攻略する?」

「それが『説得する』という意味なら無理ですね。あの人が最初に決めた何かを『説き伏せて』変えることはぼくにはできません。亡くなった奥さんなら、できたかもしれませんけど……」

自分で言って、青年は微笑して首を振った。

「ううん。違うな。奥さんもテオドールさんの意に沿わないことをやらせようとはしなかったはずです。あの人にはお願いするだけでいいんですよ。聞けるお願いならテオドールさんは聞いてくれます。そうでないなら最初から動きません」

「要は、シティに残ってくれとどんなに懇願《こんがん》しても、無意味だということか……」

「はい。言葉が悪くて恐縮なんですけど、あの人、『こいつは何を言ってるんだ?』くらいに考えてたと思いますよ。そういう顔でした」

あの無愛想な表情を読み取れるだけでもすごい。

フィリップはまだ諦めていなかったが、ひとまずこの問題は横に置いて、本題に入ることにした。

「息子から、あの絵のことを聞いたよ。——きみが借りる約束をしたそうだね」

「ええ。それがテオドールさんの希望だったので」

フィリップはここでも単刀直入に尋ねてみた。

「どうやって借りたんだね?」

「知人にお願いしたんです」

「どういうお知り合いかな?」

青年の青い眼が不思議そうにフィリップを見た。

「どうと言われても、知り合いは知り合いですよ。それ以上でもそれ以下でもありません」

それで片付けられてしまうわけにはいかないので、フィリップは鎌《かま》をかけるつもりで言ってみた。

「その知人というのはマヌエル二世のことかね?」

「いいえ。息子さんのほうです」

探りを入れるつもりが、明るい笑顔でばっさりと斬り返されて、フィリップは絶句した。

マヌエル二世には何人か息子がいるが、この場合、間違いなく長男のマヌエル三世のことだろう。

その人物は現役の共和宇宙連邦主席である。

一方、この青年は一介の大学生だ。

立場も身分も年齢も違いすぎる二人がそう簡単に『知り合い』になれるはずがない。

激《はげ》しい胸騒ぎを覚えながら、口調は至って冷静に、フィリップは質問を続けた。

「ご両親は何をされているのかな？」

「親はいません」

「では、ご実家は？」

「それもありません」

フィリップは新たな驚きを持って、青年を見た。

「……身内は一人もいないのかね？」

「ええ。いるのは相棒だけです」

「……何？」

耳慣れない言葉を聞き咎《とが》めたが、青年は答えず、さらにとんでもないことを言ってきた。

「相棒はまだ中学生ですけど、あの絵の正当な持《も》ち主《ぬし》なんですよ。あの子もテオドールさんのお料理をとても気に入ってるので。だから、ここに飾ってもいいんじゃないかと思いました」

フィリップは今度こそ眼を見張って、まじまじと眼の前の青年を見つめたのである。

危うく五度目の『何を言っているんだ？』が口をついて出そうになったが、相手の表情を見る限り、普通に説明をしたつもりでいるらしい。

フィリップは相手の正気を疑ったが、この青年の言葉は明瞭《めいりょう》だし、表情も明るく、眼には知性がある。

一見したところ、正気に見える病人がいることはフィリップも知っているが、この青年がそれに該当するとは思えないのだ。

らしくもなく言葉を失ったフィリップに、青年は安心させるように笑いかけてきた。

「連邦大学のお店が完成したら、テオドールさんは向こうに戻ります。あの絵も元の場所に納まります。何も問題はないと思いますよ」

問題ありまくりである。

声を奪われるほど仰天しながらも、フィリップは頭の片隅で冷静な思考を働かせていた。

この青年はあの絵が本物だと知っている。

知っていながら平気な顔で給仕をしている。

並大抵の度胸と精神力ではそんなことはできない。

フィリップは給仕係だった頃の自分を思い出して、そう結論づけた。年齢こそ若くても職業人《プロ》の意識と誇りが自分にはあったから、同じ状況に置かれても、客に悟られるような振る舞いはしない自信はある。

しかし、緊張を強《し》いられることは避けられない。

たとえ直接絵の前を横切らないとしても、毎晩、幾度となく料理を盛った盆《トレイ》、もしくは食べ終わった食器や食卓用金物《カトラリー》を積み上げた盆を両手に持って、あの絵のすぐ傍《そば》を忙しく行ったり来たりするなど、想像しただけで寒気がする。

一瞬、この若者はあの絵の価値を知らないのかと勘ぐりさえしたが、よほど幼い子どもならともかく、大学生にもなってそんな無知は考えにくい。

『暁の天使』はそれほど有名な、貴重な絵画なのだ。

裏社会の大物仲介人と、孫《ミック》はふざけて言ったが、それは違うだろうとフィリップは判断した。

むしろ、可能性があるとしたら助言者《アドバイサー》のほうだ。

強大な権力を得た者が、なぜか部外者の第三者に傾倒し、その意見をやたらと重んじるという実例は過去の歴史を振り返っても決して少なくはない。

マヌエル三世を補佐する知識人《ブレイン》たちは皆、著名な社会人ばかりだったはずだが、秘密の助言者なら、公《おおやけ》にされるはずもない。

とはいえ、さすがに大学生というのは信じかねて、フィリップは半ば茶化すように言ってみた。

「きみは……占いをやるのかな？」

突拍子《とっぴょうし》もない質問に青年はちょっと眼を見張り、くすぐったそうに微笑した。

「そうですね。本職ではありませんけど、趣味ではよくやってます。——でもね、フィリップさん」

青年は笑いをかみ殺しながら、特別な内緒話でもするかのように小声で言ったのである。

「三世はぼくに占いなんか頼まないと思いますよ。――ぼくを怖がってますから」

呆気にとられている間に、青年は軽く一礼して、再び厨房へ戻っていった。

その背中を見送ったフィリップは深い息を吐いた。どんな手段を用いたのかはわからない。どんなつながりがあるのかもわからない。

しかし、あの優しげな青年が（あくまでも本人が正常で、度外《どはず》れた嘘《うそ》を言っていないという前提に基づいてだが、そして恐らくその前提は外れていないとフィリップは確信していたが）現職の共和宇宙連邦主席を動かしたのは間違いなさそうだった。

思わず独《ひと》り言《ご》ちた。

「……美術関係者が知ったら、どんなことになるか。腰を抜かすだけではすまないぞ」

9

エレメンタル美術館副館長のマイケル・モリスは呆然《ぼうぜん》と突っ立っていた。

マースでの大仕事を上首尾に終えて、その報告をするために意気揚々《いきようよう》と戻って来たら、とてつもない災難が彼を待ち構えていたのである。

自分の耳が信じられなかった。

部屋がぐるぐる回っている。自分の足がちゃんと床を踏んでいるかどうかも怪《あや》しかった。

最初は館長の冗談だと、それも恐ろしく質《たち》の悪い冗談だと思った——思いたかった。

しかし、館長の表情と、重苦しい雰囲気がそれを否定《ひてい》する。

今にも倒れそうだったが、かろうじて踏ん張り、努めて冷静さを保って問いかけた。

「もう一度、言ってください。館長」

モリスは骨張った長身で、怒り肩《いかりがた》、角張った長い顎《あご》と太い眉《まゆ》が特徴的《とくちょうてき》で、黒縁《くろぶち》の眼鏡を掛けている。

見てくれはあまりぱっとしないが、外見に反して、高い教養と繊細《せんさい》な感覚《センス》の持ち主《もちぬし》であり、美と芸術を心から愛する男でもあった。

ブライト館長は慚愧《ざんき》に堪《た》えない思いを抱えながら、慎重《しんちょう》に繰り返したのである。

「『暁の天使』は今日も午後三時で展示を終了する。その後のことは、我々には干渉する権限がないんだ。きみに黙っているわけにはいかないと思って特別に話しているんだ。くれぐれも内密にお願いする」

「そういう問題ではありません！」

精一杯声を抑えてモリスは叫んだ。

本当は声を張りあげて絶叫したいところだが、館長室でそんなことをしたら、通路の職員に筒抜けだ。

嚙《か》みつかんばかりの剣幕で館長に迫った。

「納得のいく説明をお願いします！　連日ですと⁉　連日、部外者が当館の展示品を――それも、それも『暁の天使』を、関係者に無断で外部に持ち出しているですと⁉　あり得ない！　そんな前例は一例も存在しません！　なぜそんな馬鹿《ばか》なことを許しているんです！　なぜすぐに止めさせないんです！　ここをどこだと思っているんですか！　エレメンタルですよ！」

「……わたしも心からそう思うよ」

やつれた顔で館長は言った。

「……どんなよんどころない事情があって、こんなあり得ない事態を招いたのか。自問し続けているが、問いかけても答えは出ないよ。それに……」

やけくそ気味《ぎみ》に館長は言った。

「関係者に無断という見解は違うだろう。理事会は既に承諾《しょうだく》しているんだ。遺憾《いかん》ながら、わたしもだ」

「自分は承諾していません！」

モリス副館長の義憤《ぎふん》はもっともだ。

「そもそも作品を貸し出す際には――それも『暁の天使』ほどの大作ともなれば、搬出時《はんしゅつじ》から学芸員が最低でも一人は付き添うのが原則です！」

「それは運搬を担当する彼らが拒否した。作業の妨《さまた》げになるそうだ」

「素人《しろうと》が何を！」

もともとの怒り肩をさらに怒らせてモリスは叫び、館長は顔をしかめて、声が大きいと暗に非難するもモリスは止まらない。

「絵の安全を最優先に考えるべきでしょう！」

「彼らは確かに美術に関しては素人だが、貴重品の輸送という点に関しては玄人《くろうと》だよ」

それは彼らの仕事を間近に確かめた館長の率直な意見だった。

「こちらの細かい指示や注意事項をすぐに理解して、徹底して守ってくれているんだ。今まで使ったどの業者より安心できるかもしれないよ」

「どこの輸送業者です？」

「それが……本職の業者ではないらしい」

　またしてもモリスが血相を変えかけたが、館長はそれを身振りでなだめて続けた。

「心配しなくても、彼らは皆、優秀だ。現に今まで誰にも気づかれていない」

　いっそ気づかれてしまったほうがいいのでは――と言いかけて、モリスは自分の心の声に首を振った。

　それはできない。こんなことが明らかになったら、エレメンタルにとってもたいへんな恥《はじ》になる。

「搬出入時には誰が立ち会っているんですか？」

　館長は何とも言えない顔で黙り込んだ。

　みるみるモリスの血相が変わる。

「――館長！」

「絵が戻ってくるのは深夜を大きく回った時間帯だ。わたしが毎日そんな時間まで館内に残っているのは不自然なんだよ。――信用して任せるしかない」

「誰も見張っていない状態で、その連中がよからぬ気を起こして絵を持ち去ったらどうするんです⁉」


「それはないと思うよ。彼らは連邦のお墨付《すみつ》きだ。モリスくん。さっきも言ったが、今回のことは連邦主席筆頭補佐官からの直接の要請なんだ」

　モリスは荒くなった息を懸命《けんめい》に静め、まだ憤《いきどお》りに肩を震わせながらも、熟慮《じゅくりょ》する顔になった。

「……要するに、連邦の意向ということですね？」

「そういうことだ」

　ほとんど開き直るように館長は言った。

「わたしだって納得しているわけじゃない。しかし、どんなに理不尽《りふじん》でも非常識でも前例のないことでも、彼らの行動を妨げることはできないんだ。頼むから聞き分けてくれないか」

　納得など到底できるわけがない。

　だが、モリスは賢明《けんめい》だった。

　これ以上の抗議は無駄《むだ》だと察する理解も早かった。

　理解した以上は『納得できません！　マスコミに公表します！』などと、軽率なことも言わなかった。

　連邦という巨大組織が関与している以上、慎重に対処する必要があるのは明らかだったからだ。

モリスは芸術至上主義《げいじゅつしじょうしゅぎ》の学者肌の人物である。

こういう型《タイプ》の人は、得てして世間知らずと思われがちだが、そこは政財界とも深い関わりを持つ巨大美術館の副館長という立場の人だけに、その程度の分別と判断力は持ち合わせていた。

情勢を読み取る力もだ。

ここであくまで我を張って自分一人が蚊帳《かや》の外に置かれるくらいなら、絵を守るために自分にできる最善の処置を執《と》るべきと考えをあらためたのだ。

この日、モリス副館長は、早速、『暁の天使』の搬出に立ち会った。

三時五分前に展示室に行ってみると、職員の身分証を付けた四十がらみの男が来館客の老婦人に何か説明をしているところだった。

「——あの階段を降りて、最初の角を右に曲がってください。まっすぐ進むと、硝子張《ガラスば》りの渡り廊下に出ます。廊下を亘《わた》った建物には大きな彫刻《ちょうこく》がたくさん並んでいて、その先が楽器の展示室です」

男は丁寧《ていねい》な物腰で、優しい口調で話し、老婦人は思い出したように頷《うなず》いている。

「そうそう、確か、大きな彫刻の前を通りました。ごめんなさいねえ。前にも来たのに、忘れっぽくて。昔、我が家にあった楽器が展示されているんですよ。二百年くらい前の古いオルガンなんです」

「それは、久しぶりの対面が楽しみですね」

男は笑顔で会釈《えしゃく》した。

「案内してさしあげたいのですが、自分は持ち場を離れられません。わからないことがありましたら、また別の職員に尋《たず》ねてください」

「はい。ご親切に、ありがとうございます」

老婦人も笑顔で礼を言い、階段へ歩いて行った。

男は振り返り、モリスを見て、軽く会釈してきた。

「お帰りなさい、副館長」

「——きみは？」

「ジョン・ファレル。今日の責任者です」

普通の職員だと思っていたモリスは驚《おどろ》いた。

あらためて、相手を見直してみた。

キンケイドは筋骨たくましい大男だったそうだが、ファレルは一見すると普通の体格だった。

モリスの身長は百七十八センチだが、モリスよりやや背が低く、特に鍛《きた》えているようにも見えないが、立ち姿は実に姿勢がよく、隙《すき》がない。

金髪《きんぱつ》を短く刈りあげて、額《ひたい》は広く、青い瞳《ひとみ》は深い知性を感じさせる。整った目鼻だちの、なかなかの美男でもあった。落ち着いた眼差しで見つめられて、モリスは得体の知れない居心地の悪さを感じながら、とってつけたような質問をした。

「……当館について、ずいぶん詳しいんですね？」

「美術館の職員としてここにいる以上、お客さまの質問に答えられないようでは困りますので」

三時ちょうどに、ファレルは防犯扉を閉め始め、扉が閉まると、裏方の通路の扉から男が四人現れた。

運送会社の制服を着た男たちだ。

彼らはモリスの眼の前で黙々と作業にかかった。

開館中に『暁の天使』が堂々と展示室の壁から下ろされるという信じられない事態に、モリスは拳《こぶし》を震わせ、厳《きび》しい眼で男たちの動きを監視していた。

既に何日もこんなことを続けている男たちの動きは慎重ながらも迅速《じんそく》で、絵はあっという間に用意の梱包容器《こんぽうようき》に納まったのである。

梱包容器を台車に載せた男たちが通路へ出て行き、モリスもファレルに促《うなが》される形で展示室を出た。

通路へ続くこの扉には鍵などなかったはずなのに、今は後付けの鍵が付いている。

咎《とが》めるような視線に気づいて、ファレルは言った。

「期間が終了したら取り外します。ご心配なく」

「……その期間はいつまでなんです？」

「お答え致しかねます」

モリスは苛《いら》だちを抑えながら毅然《きぜん》と言った。

「絵の搬送には自分も同行させてもらいます」

ファレルは足を止め、静かな視線を向けてきた。

「それはご遠慮ください」

「そうはいきません。素人にこの絵の運搬を任せるわけにはいかないんです」

「お言葉ですが、貴重品の運搬は我々の領分です。あなたは絵画の専門家ではありますが、『貴重品や絵画を守ること』に関してはご専門ではない」

ぐっと詰まったモリスだったが、まだ粘《ねば》った。

「あなたたちの邪魔はしません。自分のことは絵と同じ荷物として扱ってくれれば結構です」

「致しかねます。絵の行き先はご存じのはずです。後ほど、あなたご自身の眼で、無事に届いたことを確認してください」

「それでは不充分なんです！　一時的にとはいえ、この絵から眼を離すわけにはいきません！」

「残念ですが、副館長。素人が現場にいるだけで、我々の仕事の妨げになります」

依然として落ち着いた口調だったが、その声にはモリスの気勢を削《そ》ぐだけの何かがあった。


このやりとりの間にも、他の男たちは足を止めず、台車はどんどん遠ざかっていく。

あくまで進もうとするモリスの前に、ファレルが立ちはだかっている。

モリスには芸術の素人を軽んじる傾向がある。それは自分でも自覚している。率直に言って、素人の意見に耳を傾《かたむ》ける必要を感じられないのだ。

それなのに、眼の前にいる男を突破しかねた。

台車と男たちが通路の先を曲がって見えなくなる。ずっと背中を向けていたはずなのに、ファレルはまるでその動きを察知したかのようにモリスに軽く会釈して、仲間たちの後を追っていった。

モリスは彼を追わなかった。

追っても無駄だと、あくまで阻《はば》まれるということくらいはさすがに理解できたのだ。

代わりに館長室へ向かって突撃した。


ブライト館長はこの日の夜も支援者のパーティに

出席する予定だったが、無理を言って欠席にさせてもらい、モリスとともに開業前のホテルを訪れた。

その道中も、ずっとモリスの表情は険《けわ》しかった。

しかし、建物の最上階に上がり、レストランまで案内され、ほんの数時間前まで美術館に展示されていた人類の至宝が壁に掛かっているのを見た時には、まさに茫然自失《ぼうぜんじしつ》の状態で立《た》ち尽《つ》くした。

下手《へた》をすると呼吸さえ止まっているのではないか、気を失ってしまうのではないかと、ブライト館長ははらはらしていたが、モリスの顔面が真っ赤になり、わなわな震え出したので、焦《あせ》って小声で囁《ささや》いた。

「……モリスくん。早まったことはしないように」

口で言っただけではない。館長の右手は無意識に、モリスの背広の裾《すそ》をしっかり摑《つか》んでいる。

今にもモリスが絵に向かって突進しそうに思えて、気が気ではなかったのだ。

その時、ありがたいことに、二人の後ろからスタイン教授が入って来た。

「ブライト館長。モリスくんも来たのか」

「スタイン教授！」

声は抑えつつも、モリスはかなりの剣幕で教授に迫った。

「なぜこんな横暴を許しているんです⁉」

連邦の圧力に屈《くっ》した美術館の副館長という立場で言えることではないが、やりきれなかったのだ。

教授も憤りの念を感じているはずと思ったのだが、スタイン教授は達観したような表情で言ってきた。

「きみの気持ちはよくわかる。それはもう痛いほどわかってはいるが……」

そこに黒髪《くろかみ》の青年がやってきて声をかけた。

「いらっしゃい、教授。ブライト館長。――それに、モリス副館長ですね。――お席へご案内します」

今日は三人で卓《テーブル》を囲んだが、館長と副館長は正直、生きた心地がしなかった。

一つには無論、眼の前の壁にある絵のせいだ。

二つには、その絵の周りを、料理を盛った大きな盆《トレイ》を持った給仕係が忙しく動き回っているせいだ。

はらはらしながら周囲の動きに気を配っていると、給仕係の青年が、そっと声をかけてきた。

「お飲み物はいかがですか?」

モリスは上《うわ》の空《そら》で『水でいい』と返事をしたが、教授が訂正した。

「何か今日の料理に合うものを見繕《みつくろ》ってくれるかな」

「かしこまりました」

「教授!」

気色《けしき》ばんだモリスだった。

確かに就業時間は終わっているから酒を嗜《たしな》んでも問題ないが、彼は現在も『仕事中』だと思っている。

あの絵を素人の客から守るという仕事だ。

しかし、他の誰よりもあの絵を愛しているはずのスタイン教授はあまり緊張《きんちょう》していない様子だった。

顔をしかめて注意してきた。

「少し落ち着きたまえ。挙動不審《きょどうふしん》だぞ」

こんな状況で落ち着いていられる学芸員がいたらお目に掛かりたいと、モリスは切実に思った。

ブライト館長も落ち着かない様子で、椅子の上でそわそわと身じろぎしている。

スタイン教授は既に何度もこの店を訪れて耐性ができているのか、今度はなだめる口調で言った。

「絵の前は通らないように徹底してもらっている。絵自体も保護パネルに守られている。心配はない。まずは食事にしよう。ここまで来てダナー料理長の料理を食べずに帰るのは問題外だぞ」

「——味なんかわかりませんよ!」

「それは食べてから言いたまえ」

喉《のど》を通るとも思えなかったが、手を付けずに皿を下げてもらったりしたら、ますます目だってしまう。

最初に出されたのは、細長い皿の上に、小さな料理が五つ並んだ前菜だった。

手でつまんで食べるものだ。

青年が料理の説明をする。

「一番右からトマトのスープ、次が山菜の天ぷら、真ん中は鶏肉《とりにく》とセロリの辛子和《からしあ》え、ライスコロッケ、一番左が蓬餅《よもぎもち》です」

この説明もモリスの耳には入らなかった。

ほとんどやけくそで小さなトマトをつまみ上げ、口に放り込んだ。

途端、眼を見張った。

ただのトマトだと思ったのに、歯で噛んだ瞬間、ぷつりと皮が破れ、果汁とは明らかに違うスープの味が口内いっぱいに広がったのだ。

ブライト館長も驚嘆《きょうたん》の声を洩《も》らしている。

次の天ぷらを口に入れて、またしても眼を見張り、後はもう、あっという間に食べ終えてしまう。

スタイン教授も繊細な前菜をじっくりと味わって、あらためて唸《うな》った。

「……何度食べても、ここの料理には驚かされる。常に新しい感動がある。料理に関しては素人だが、ここの料理だけは——いや、ダナー料理長だけは、真の芸術家として認めざるを得まい」

皿を下げに来た青年が、教授の言葉に微笑して、話しかけてくる。

「本人は『ただの飯だ』って言ってますけどね」

モリスはようやく我に返り、あえぐように言った。

「な、何ですか、これ……」

「前菜です」

「わかってる！　そうじゃなくて！」

ブライト館長がモリスの心境を代弁した。

「こんな『ただの飯』があっていいんですか……」

まさにそれだ。

二皿目の前菜は、以前にパラデューたちが食べた、貝を器《うつわ》にして身と海草を盛ったものだった。

スタイン教授もブライト館長も、もちろんモリス副館長も、後に残った汁を見逃したりはせず、杯を捧げ持つように貝殻《かいがら》を取り上げて残らず呑《の》み干《ほ》した。

その後は、皆、ひたすら無言で食べ続けた。

どの料理にも今まで食べたことがない驚きがあり、

新鮮な感動がある。

主菜を食べ終える頃にはモリスは夢心地だった。

この店へ来た時は棺桶《かんおけ》に片足を突っ込んだような心境だったのに、今はそれとはまったく違う何かがあたたかく全身を満たしている。

見上げれば、そこに『暁の天使』がいる。

この天使は見るたびに違う印象を与えてくれる。

それは知っている。

展示室で鑑賞《かんしょう》する時も何度も眼を見張らされた。

どれだけの顔を隠し持っているのかと密かに感嘆したものだが、今の天使は昼間の展示室では一度も見たことのない表情をしているように見えた。

単に美しいだけではない。神秘的でありながら、どこか艶《なま》めかしく、至高の存在さながらに厳《おごそ》かで、聖母のような慈愛《じあい》を漂《ただよ》わせている。

「……しあわせだ」

そんな言葉が、モリスの口から自然と零《こぼ》れ出た。

本当に、心の底からそう思った。


「……ここは天国ですか？」

誰に問いかけるでもない独《ひと》り言《ごと》のような言葉に、ブライト館長がため息とともに応《こた》えた。

「……もしくは地上の楽園か」

スタイン教授も頷いた。

「……王侯貴族でもこんな贅沢《ぜいたく》は到底、望《のぞ》めまい」

美術館の館長と副館長、さらには美術館に対して大きな発言力を持つ教授は、眼の前の現実に非常な焦燥《しょうそう》と少なからぬ抵抗を感じながらも——諦《あきら》めた。

諦めるしかなかったのだ。

もっと正しく言えば、眼をつむることにした。

「……食べ物に負けるなんて釈然としませんが」

モリスが嘆《なげ》けば、教授もおもむろに頷いた。

「そうだな。ここの料理でなければ、わたしも同じことを言っただろう」

ブライト館長も別の意味で嘆く。

「本当は毎日でもここへ通いたいんですが、明日も外せない予定が入っているんですよ」

モリスが気負い込んだ。

「それならぼくが毎日通います」

館長がすかさず言い返す。

「モリスくん。予定《スケジュール》を考えてから言ってくれよ。戻って来てそうそう悪いが、今日をすっぽかした分、マースでの成果を報告書にまとめてもらわなくては。――脅《おど》すつもりはないが、たぶん夜までかかるぞ」

「う……」

何とも残念そうに眉を寄せて肩を落とす。

そこにデザートが運ばれてきた。

最初の小皿は檸檬《レモン》のシャーベットだった。甘《あま》くて軽い口当たりのウエハースが添えられている。

次の皿は苺《いちご》とカスタードクリームのミルフィーユ、酸味《さんみ》を残した食用大黄《ルバーブ》のコンポート、バニラアイスクリームに薄荷《ミント》とラズベリー。

繊細にして華麗《かれい》、高級感のある一皿である。

さくさくのパイ生地は実に香ばしく、歯で噛むと絶妙な加減で崩れていく。濃厚なカスタードに苺の甘みとさわやかさが合わさって、見事な調和を醸《かも》し出《だ》している。

いい年をした男三人が甘い菓子にうっとりと酔《よ》い、モリスは陶然《とうぜん》とした口調で言った。

「……甘いもので、食事で、こんなにも満ち足りた心持ちになるんですね」

館長も相好《そうごう》を崩している。

「いやもう、何というか、もう……」

教授も、つい顔がほころびそうになるのを無理に引き締めている。

「ただ、ただ、美味《うま》いとしか言えん……」

最後には珈琲《コーヒー》に小さなチョコレートと焼き菓子が添えられて出された。このチョコレートがこれまた絶品で、三人は覚えず感嘆の声を発したのである。

「こんなチョコレート、初めてですよ！」

「ああ。この食事の最後に、実にふさわしい味だ」

「料理長はチョコレートまでつくるんでしょうか」

話し合っていると、空《から》になった小皿を下げにきた青年が笑って礼を言ってきた。

「気に入っていただいて、ありがとうございます。今のチョコレートはぼくがつくったんですよ」

教授が驚いて尋ねた。

「……きみが？」

「はい。テオドールさんも気に入ってくれて、珈琲に添えたらどうかと言ってくれました」

モリスもびっくりしたようだった。

「この店では給仕係が菓子もつくるのかい？」

「はい。料理もしますよ。ぼくは専門の給仕係じゃなくて、どちらかというとテオドールさんの助手《アシスタント》なので。――いいえ、通訳かな？」

最後の言葉はモリスには意味がわからなかった。

館長にも教授にもだ。

しかし、優しい口調の青年の言葉は耳に心地よく、問いただす気にはなれなかった。

一同、満足しきって席を立ったが、出口に向かう途中で彼《か》の『野兎《のうさぎ》』に出くわしたモリスの驚愕《きょうがく》は、来店時に勝るとも劣《おと》らなかった。

「そんな、まさか……！」

彼は今度こそ愕然として立ち尽くし、次の瞬間、血相を変えて絵に向かって突進しかけたが、間一髪、ルウがモリスの襟首《えりくび》を捕まえていた。

そのまま襟首を軽く持ち上げ、大の男の身体を器用にくるりと回転させて向きを変えさせ、あくまで丁重に、それでいてモリス本人には何も言わせない気魄《きはく》で、爪先立《つまさきだ》ちで歩かせながら出口へ連れて行き、にこやかに送り出した。

「ご来店ありがとうございました。またのお越しをお待ちしております」

館長と教授はルウに会釈して店を出たが、ここで我に返ったモリスが店内に駆け戻ろうとしたので、今度は館長が慌《あわ》てて彼の腕を摑んで引き留めた。

「モリスくん！」

「殺生な！　止めないでください！　じっくり鑑賞させてくださいよ！」

完全に眼が血走っている。

「あれはモリエンテスですよ！　どういうことです。うちの収蔵品じゃありませんよね⁉」

「ああ。料理長の私物だそうだ」

「私物⁉」

モリスは眼を剝《む》いた。無理からぬ反応だった。

あんな高価な世界的名画を『私有』できるのは、よほどの資産家か実業家に限られるからだ。

少し落ち着きを取り戻し、大きく息を吐いて言う。

「ここの料理長は……どういう人物なんです？」

モリスの問いに、スタイン教授とブライト館長は何とも言えない顔になった。

「正真正銘、料理の天才なのは確かだろうな」

教授が言えば、館長も頷いている。

「意外にも美術にはまったく詳しくないらしいよ。普段はモローとベッセルの区別もつかないそうだ」

モリスはこの言葉を笑って否定した。

「まさか。そんな人間はこの世にいませんよ」

美術関係者にとっては『飛行機とヘリコプターの違いがわからない』というようなものだけに無理もないが、比べると館長はもう少し世間を知っていた。

自分たちには見分けられて当然の常識であっても、美術に明るくない人にとっては必ずしもそうでないことも知っていたので、苦笑して部下をたしなめた。

「決めつけるのはよくないぞ。我々には美と芸術がすべてだが、そうではない人も世の中には大勢いる。料理長は我々とは違う世界に住んでいるんだ」

「そうは言ってもモローとベッセルを混同するって、どんな眼をしていたらそんなことに……」

話しながら、モリスは庭園へ向かって歩いていた。

教授がそちらを目指していたからだ。自然と後を追う形になったのだが、途中、何気なく左手の壁に眼をやって、思わず叫んだ。

「ええっ⁉」

一瞬で壁に飛びついたモリスは、食い入るように壁龕《ニッチ》の蝶《ちょう》を見つめたのである。

「──な、なぜ、これが！」

尋常《じんじょう》ではないその様子に、ブライト館長より先にスタイン教授が得たりと頷いた。

「そうか。エレメンタルには宝飾品部門もあったな。──それほどの逸品《いっぴん》なのかね？」

「もちろんです！　行方不明になっていたレニエの揚羽《あげは》ですよ！」

今度はブライト館長が手を打っていた。

「宝飾部門の職員が大騒ぎをしていた、あれか⁉」

「そうです！　ぼくの専門とは少し違うんですが、来年うちで骨董宝飾展覧会《こっとうほうしょくてんらんかい》を開催《かいさい》する予定でして、各地の美術館はもとより個人の蒐集家《しゅうしゅうか》の方からも作品をお借りすることになって、その交渉にぼくも参加していたんです」

モリスは興奮《こうふん》冷めやらない口調で、一人、事情がわからないでいるスタイン教授に説明した。

「なんと言っても高価な作品がほとんどですから。副館長という肩書きの人間が直接出向いたほうが、話が通じやすかったんです。この揚羽は、レニエの絶頂期の傑作《けっさく》で、骨董宝飾界を代表する逸品です。展覧会の目玉になるはずだったんですが……」

館長が後を受けて言う。

「持ち主の方が急逝《きゅうせい》されたんですよ。お気の毒なことでしたが、その後に大問題が起きまして」

モリスも頷いた。

「そうなんです。持ち主の方には出品する旨《むね》の承諾を得ていたんですが、財産を継《つ》いだ親戚がまったく価値のわからない人で、うちには何の連絡もせずに手放してしまったんです。買った業者に当たっても、もう売れてしまったからと言われ、誰に売ったかは守秘義務があるから教えられないと言われ、諦めていたんですが、まさかここで再会できるなんて！」

専門外だと言う割には、モリスはレニエの優れた技倆《ぎりょう》と芸術性を高く評価しているらしく、揚羽との再会を心から喜んでいるようだった。

「これこそ暁の天使のお導きかもしれません」

眼を輝かせながらそんなことを言い、何気なく、もう一つの壁龕《ニッチ》を覗《のぞ》いて、副館長は再びのけぞった。

「――グッテンベルク⁉　嘘《うそ》でしょう！　どういうレストランなんですか、ここは！」

驚倒《きょうとう》せんばかりのモリスに対し、ブライト館長は意外にも冷静に問いかけたのである。

「――展覧会の目玉がもう一つ増えたかな？」

「超目玉ですよ！　こうしちゃいられない！　すぐ交渉しないと！」

モリスはすっかり舞いあがってしまっている。

その勢いのまま再び店内に突撃しようとしたので、館長はまたしても彼を止めなくてはならなかった。

10

　その日、ルウは小論文を書き上げるため、朝から自室に籠《こも》っていた。夕方になって一段落したので、開店前の店に向かうと、ちょうどまかないの時間で、若手の料理人や給仕係一同が店内に移動し、今から食事にしようとしているところだった。

　ルウの顔を見た給仕係一同は、ほっとしたように声をかけてきた。

「来てくれて助かったよ」

「今日の献立《こんだて》を訊《き》いてくれないか」

　給仕係の務めの一つに、お客さまが料理に関して何か質問された時、的確に答えるというものがある。

　すなわち、献立について詳しく知っている必要があるのに、料理長に尋《たず》ねても、どんな料理なのか、さっぱり要領を得ないのだ。

「まずご飯にさせてよ。もうお腹すいちゃって」

　ヨハンが驚いたように尋ねてくる。

「まさか、あれから何も食べてないんですか？」

「うん。ありがとう。美味《おい》しかったよ」

　朝はヨハンにルームサービスを頼んだので、その礼と感想をルウは言ったのだ。

　しかし、それ以後、何も食べていなければお腹が空《す》いて当たり前である。

　ちなみに、朝の仕事を終えてから休んだヨハンはこれが朝食だ。

　ベーコンと玉葱《たまねぎ》を使って胡椒《こしょう》を利かせた焼き飯に生卵を加え、緑を散らしてある。

　野菜たっぷりのスープもある。

　ルウは自分の焼き飯とスープをよそって、黙々と食べていたテオドールの横に腰を下ろした。今日の献立について訊こうとした時、テオドールが唐突《とうとつ》に口を開いたのだ。

「……あれは買えないのか？」

テオドールの言葉が突拍子《とっぴょうし》もないのは今更だが、今回はとびきりだった。

ヨハンはもとより若手の料理人も給仕係たちも、揃《そろ》って諦《あきら》めの息を吐いた。

（それじゃあ、いくら何でもわからないって……）

さしものルウも眼をぱちくりさせたが、この人はさすがだった。

間違ってても『あれってどれのことですか？』とは尋ねない。食事を続けながら、まずは場所の特定に取りかかった。

「どこで見たんですか？」

「……市場だ」

「そこに現物があったのかな？」

「……いや」

「それじゃあ、写真か何かですか？」

「……端末だ」

「あなたの携帯端末で見た？」

「……いや」

「え？　他の人の端末を覗《のぞ》いたんですか？」

「……通りかかっただけだ」

禅問答《ぜんもんどう》にも程がある。聞き耳を立てている人々は完全に匙《さじ》を投げていたが、ルウは諦めなかった。

一口に携帯端末と言っても、大きさはいろいろで、台《スタンド》に立てかけて置き型にするものもある。

「通りかかったら、画面が見えたと。それじゃあ、市場のどこかに、大きめの端末を置き型にしている人がいて、その表示が見えたのかな？」

「……そうだ」

「そこに映っていたものが欲しいわけですね？」

「……ああ。あれはいいな」

「どんなものです。絵とか彫刻《ちょうこく》とか？」

「……器《うつわ》だ。硝子《ガラス》の」

「置物ですか？　それとも花瓶《かびん》？」

テオドールはちょっと考えた。

「……花活《い》けには見えなかったな」

普通の花瓶の形ではないということだ。

「剣山《けんざん》を入れて使う浅い花器もありますよ」

「……そっちかもな。三日月形の器だった」

聞き耳を立てていた一同は再び密かに嘆息した。

他人の携帯端末にちらっと映っていただけの器を特定などできるはずもない。途方もない話だ——と誰もが思ったが、ルウは根気よく質問を続けた。

「それは写真？　それとも映像？」

「……映像だった」

「宣伝《コマーシャル》か何かですか？」

「……音は出てなかったからな。わかんねえが」

ますます絶望的だが、テオドールはここで有力な手がかりを言ってくれたのである。

「……なんかの報道《ニュース》みたいだったぞ」

「報道ですか？」

黒髪《くろかみ》の青年は少し考えて、自分の携帯端末で何か検索《けんさく》すると、画面をテオドールに見せた。

すると、彼は大きく頷《うなず》いたのである。

「これだ」

周りの人たちのほうがびっくりした。

検索したルウ自身、画面を見て首を捻《ひね》っている。

「これが欲しいわけですか？」

「……ああ」

「どうかなあ……。すぐには無理だと思いますけど、パラデューさんに相談してみますね」

「……頼む」

テオドールは食事を終えて、厨房《ちゅうぼう》へ戻っていった。

他の人たちは皆、店内に残っていたが、まだ休《きゅう》憩《けい》時間内なので、問題はない。

若手の料理人たちは口々にルウに質問した。

「あれだけで、よくわかったな」

「なんて検索を掛けたんだ？」

「『三日月形、硝子の器、報道』で調べたんだよ。そうしたらすぐに出てきた。この器、名前がついているみたい。『革命の薔薇《ばら》』だって」

大仰《おおぎょう》な名前だと思いながら、興味を持った数人はその名前で検索してみた。

真っ先に出てきたのは特徴的《とくちょうてき》な器だった。

写真についていた記事によると、高さ三十センチ、横幅は四十五センチとある。確かに三日月形をしているが、花器には見えなかった。と言うより、花を生けるには迫力がありすぎるのだ。それも道理で、この器は、二百年前に活躍した伝説的な硝子工芸家エタン・デュフィが自ら手がけた作品だという。

この器は長らく所在が知れなかった。

デュフィ直筆《じきひつ》の図案は現在まで残っているものの、作品の写真は一枚も残っていない。

それ故《ゆえ》、実際には制作されなかったのではないか、制作されたとしても、材質が硝子とあって、現物は既に消失したのではないかと危ぶまれていたそうだ。

その実物が出てきたのだ。

記事ではこれを『世紀の大発見』と表している。

しかし、給仕係一同も若手の料理人たちも、別の意味で驚いた——というより疑問に思った。

「料理長、本気でこれを欲しがってるのかな？」

「そもそも、買えるもんなのか？」

「だよなあ。ひょっとすると、美術品だろう？」

訝《いぶか》しげな一人の呟《つぶや》きに、ルウは頷いた。

「ひょっとしなくても美術品だよ。その辺のお店で気軽に買えるものじゃない。世界中でこれ一つしかないんだからね」

ルウは手早くまかないを食べてしまうと、端末を手に立ち上がった。

「——あ、もしもし、パラデューさん？　ちょっと相談なんですけど……」

そんな話をしながら店を出て行った。

給仕係の一人が心配そうに言う。

「献立を訊いてくれないと困るんだけどな。覚える時間もあるんだから……」

「まあまあ……」

「戻って来たら、訊いてもらえばいいよ」

ルウの行動は、個人的な話をするのに大勢の人に聞こえるところではちょっと——という、人として当然の心理であり、特に不自然ではない。

しかし、ヨハンだけは、他の理由があるのではと思っていた。恐らくはこの器の購入方法も価格も、一般の人が考える範疇《はんちゅう》を大幅に超えているからだ。

それを裏付けるように、記事を読んでいた一人が呆《あき》れたような声を張りあげた。

「冗談だろう！　この器、もし市場取引されたら、値段は最低でも十億だってさ！」

この場にいるのはごく一般的な感覚の人ばかりだ。しかも、若い世代がほとんどである。

何人かは危うくスープを吹き出すところだった。

驚愕《きょうがく》したのは当然だが、それ以上に呆れたような、疑問を感じている声が次々にあがる。

「硝子だぜ。何でそんなに高いんだ？」

「美術品って……わけわかんねえ」

「けどさ、外の壁龕《ニッチ》のブローチだってそうだぜ」

「ああ、お客さんが狂喜乱舞してたもんな。あれも相当高いんじゃないか」

一人が首を振りながらため息をつき、パン職人のエセルが思い切ったようにヨハンに話しかけた。

「ちょっと……訊いてもいいかな」

「はい？」

エセルはもともと控《ひか》えめな性格である。

躊躇《ためら》いがちに、慎重《しんちょう》に口を開いた。

「前から気になってたんだけど、訊くのも怖《こわ》いけど……あの絵のことなんだ」

ヨハンの心臓《しんぞう》が大きく跳ね上がった。それ以上に、顔が引きつった。

慌《あわ》てて平静を装ったが、それは訊かれるこっちも怖い。どう答えたらいいか見当もつかない。

できれば訊かないでほしいのだが、まさかそんなことは言えない。背中に冷や汗がだらだら伝うのを感じながら質問を待っていると、エセルは店内から見える三枚の絵を見やって、遠慮《えんりょ》がちに尋ねてきた。

「……あの兎《うさぎ》の絵、本物なのかい？」

そっちか！　と、ヨハンは思わず大きな息を吐き、安堵《あんど》の笑顔で頷いた。

「そうですよ。伏せた兎のほうは昔から家にあった絵で、母が生まれた時、祖父――パラデューさんが買ったって聞いてます」

皆いっせいに店の入口と店内を仕切る壁を見つめ、ヨハンは説明を続けた。

「後の二枚は、親父がひょんなことから見つけて、やっぱりパラデューさんが買ってきてくれたんです。――なんか、三枚で一組の絵らしいですよ」

エセルは何とも言えないため息を吐いた。

「簡単に言ってくれるけど、モリエンテスだろう」

彼には多少なりとも美術の知識があるようだった。

他の皆は戸惑《とまど》い顔を見合わせている。

あの三枚の絵も、何しろ何人ものお客さんが足を止めて鑑賞《かんしょう》するので（突進しかけた人までいた）立派な『美術品』だということは彼らにもわかっている。

一人が何気なく尋ねた。

「それじゃあ、あの絵も高いのか？」

ヨハンは『暁の天使』に関することを訊かれずにほっとしていたので、無意識に答えたのである。

「高いですよ。パラデューさんは一枚でも三十億、三枚なら百五十億って……」

言ってました――と続ける前に悲鳴が響いた。

「はあああああ⁉」

一同、目玉をひん向いている。

ヨハンは驚いた。同時に焦《あせ》った。

あの父親や祖父と関わっているせいで、一般的な感覚というものに疎《うと》くなりがちになっているらしい。

慌てて弁明した。

「……すいません。あの絵は昔から家にあったんで、あんまり特別感がないっていうか……」

いっせいに抗議が返ってくる。

「――何言ってんだよ！」

「充分、特別だよ！」

「こんなところに普通に飾っていいのか⁉」

かつての自分も同じことに焦っていたなあ——と、ヨハンは遠い目をしながら頷いた。

「美術関係者の人も同じことを言ってましたけど、何しろ、あの親父なんで……何を言っても無駄《むだ》っていうか、事実無駄なんですけど……」

エセルが嘆息《たんそく》して、おもむろに立ち上がった。

「モリエンテスの真作なんて、本当なら、美術館に納まっていないといけない絵なんだ。こんな機会はもうないから、今のうちに近くで見ておくよ」

美術品には興味のない他の顔ぶれも立ち上がり、後に続いた。特に給仕係一同は、しげしげと間近で眺《なが》めて、(万が一にも触らないようにしなくては)と、決意を新たにしたのである。

しかし、美術品に限らず、他のあらゆるものにも言えることだが、興味のない人間にとっては、どれだけ貴重な品であろうと価値は無いに等しい。

この三枚の絵が百五十億と言われても、彼らには納得できなかったようだった。

気圧《けお》されつつも胡散臭《うさんくさ》そうな視線を向けている。

一人が、ぼそっと言った。

「桁《けた》が大きすぎて、実感わかないよ……」

「この三枚でこのホテルが建つんじゃないか……」

「建つどころか、二軒建《にけんた》ててもお釣《つ》りがくるぜ」

「いや、忘れよう。気にしてたら仕事にならない」

何かを憚《はばか》るように囁《ささや》き合う同僚たちに、ヨハンはまじめくさって言ったのである。

「俺も仕事中は忘れてますよ。第一、備品の値段を気にしてたら、うちは営業できません」

一同、尊敬を通り越した眼差しをヨハンに向けた。

「連邦大学の店には他にもこんな絵があるのか？」

「いえ。今のところ一番高いのがこれです。もっと安いのなら、ごろごろしてますけど」

「安いって……どのくらい？」

怖いもの見たさ（聞きたさ）でミックが尋ねる。

ヨハンはまたしても無意識に爆弾《ばくだん》を落とした。

「この前、パラデューさんが持ってきた花瓶は確か、数百万って言ってたかな？　だいたいこのくらいの小さいやつだけど」

両手で十センチくらいの高さを示してみせる。

ヨハンにしてみれば単なる事実を述べたまでだが、一般市民にとってはそうはいかない。

若手の料理人も給仕係たちも、今度こそ珍獣《ちんじゅう》でも見るような眼をヨハンに向けてきた。

ミックがちょっぴり揶揄《やゆ》する口調で言う。

「ヨハンって、やっぱり料理長の息子だよな。よく似てるよ」

一同、納得して頷いたが、ヨハンの受けた衝撃《しょうげき》は相当なものだった。料理ならともかく、それ以外であの父親に似ていると言われるのは『人間失格』の烙印《らくいん》を押されるのと何ら変わらないのだ。

ヨハンはしばらく、海より深く落ち込んでいた。


ルウから連絡を受けたパラデューは予定を中断し、詳しく話を聞いて唸《うな》った。

「よりにもよって……『革命の薔薇』か」

「ご存じでした？」

「うむ。先日かなりの騒ぎになったからな」

「ぼくは初めて見ました。正直、この器はあんまり飲食店向きじゃないと思うんですけどね」

画像を見て、率直に言ったルウだった。

「かなりの迫力――というか、ぼくみたいな素人《しろうと》が見ても怨念《おんねん》すら感じますよ」

「そうだろうな」

パラデューは、デュフィがこの器をつくった時代背景を知っていたらしい。

当時、デュフィの生まれ故郷で革命が勃発《ぼっぱつ》した。

彼は国外にいたので被害を免《まぬが》れたが、彼の故郷は焦土《しょうど》と化し、彼の友人を含めた無辜《むこ》の市民が大勢、犠牲となったのだ。故郷を襲った暴力はもとより、何もできなかった非力な自分に対する憤《いきどお》りと無念、たいせつな人をこんな形で無残に奪われた悲しみと怨恨《えんこん》、さらに亡き友人たちへの鎮魂《ちんこん》の意味も込めて、デュフィはこの器をつくったとされている。

説明を聞いて、ルウもため息をついた。

「徹底的に、お食事の席には不向きですねえ……」

「同感だが、とにかく調べてみよう」

「お願いします」

パラデューの人脈と情報網《もう》を持ってしても、この仕事はいささか厄介《やっかい》だったらしい。

『革命の薔薇』の所有者も所在も、突き止めるのに時間が掛かっているようだったが、十日ほど経って進展があった。

既に深夜を回った時間帯だった。店は営業を終え、後片づけも済ませて、ルウは自室に引きあげていた。

ちょうど風呂《ふろ》から出た時、室内の端末が鳴った。

バスローブを羽織《はお》って出てみると、パラデューの顔が映った。

「遅くにすまないな」

「いいえ。何かわかりましたか」

「ああ。『革命の薔薇』は今、競売《きょうばい》会社にある」

画面のパラデューは何やら難しい顔をしており、それがルウには意外だった。

彼は共和宇宙でも十本の指に入る投資家である。競売ならパラデュー自身が落札すれば済む話だ。

ルウの顔に浮かんだ疑問の意味を、パラデューも察していたのだろう。苦い顔で説明した。

「場所が少々厄介でな。豪華《ごうか》客船で行うそうだ」

ルウもちょっと驚いて問い返した。

「あんな美術品のオークションをですか？」

「うむ。わたしも驚いた。《銀河の女王《ギャラクシークイーン》》号という船だ。近々シティを出航するのだが、寄港地で開くわけではなく、船内で秘密裏に行われるという」

ルウは片手をあげて質問した。

「船内はわかりますけど、秘密裏って何です？」

豪華客船内ではさまざまな催《もよお》し物《もの》が開かれる。その一つだとしたら大々的に宣伝するはずだ。

なぜ秘密なのかと不思議に思うのは当然である。

「豪華客船の乗客はおよそ二千人。しかし、乗客のほとんどはオークションが開催《かいさい》されることを知らん。ごく限られた上客だけが知らされ、参加する権利を与《あた》えられるそうだ。業界初の試みらしい」

「ははあ……」

「あくまで乗船客を優先する観点から、外部からの入札は受け付けていない。このオークションに参加するには乗船することが絶対条件だ。困ったことに出航まであまり日がない。予定さえ空《あ》いていれば、わたしが行くのだが、残念ながら、今からではどう調整しても、三週間もの周遊船《クルーズ》旅行には出られん」

ルウも難しい顔で腕を組んだ。

「ぼくもちょっと無理ですね。講義もありますし、テオドールさんを一人にはしておけません」

パラデューはちょっと笑って言ったものだ。

「三週間もきみがいなくなったら厨房は大混乱だ。従業員一同、すがりついて止めるぞ」

「それじゃあ、代理人を立てますか？」

「それが問題でな……」

パラデューは一つ息を吐いた。

「優秀な代理人なら何人もいるが、一流どころは皆、多忙《たぼう》だ。先々の予定も入っている。こんな急な話で三週間も拘束《こうそく》できる人間が果たしているかどうか、はなはだ疑問なのだ」

「なるほど……」

「一応、予定の空いている者を探してはみるが……いざとなったら、船がシティに戻った後で落札者に直接交渉するしかないだろうな」

「誰が落札したかなんて、教えてもらえます？」

「わたしも業界には多少、顔が利くのでな」

妙なところで自信たっぷりに胸を張る。

それがおかしくて、ルウは笑いをかみ殺したが、ふと思いついて言った。

「……ちょっと待ってもらえますか」

いったん端末の机から立ち上がり、ルウは愛用の手札を取り出した。占い師がよく使う、とりどりの絵柄《えがら》を描いたものだ。

手札を切って、机に並べていく。

机の上は通信相手からは死角になって見えない。ルウが何をしているか、わからなかっただろうが、パラデューは黙って待っていた。

やがてルウは顔を上げずに質問した。

「船の乗船券と、オークションに参加する権利は、今からでも手に入るんですか？」

「恐らく問題ない」

「二人分でも？」

パラデューは片方の眉《まゆ》をちょっと吊《つ》り上げたが、笑って頷いた。

「任せてもらおう」

頼もしい言葉である。

ルウも笑顔になった。

「それじゃあ、友人に頼んでみます」

ルウの言う『友人』が誰なのか、パラデューには心当たりがあったらしい。

何とも言えない微笑を浮かべて、尋ねてきた。

「あの規格外のご夫婦かね？」

「ええ。あの人たちなら間違いなく信用できます。場所が宇宙船ですから、適任のはずですよ」

以前、その夫婦に助けられたことがあるだけに、パラデューも安心した様子だった。

「わたしからも、お願いすると伝えてくれ」


翌朝、ルウはシティにある恒星間通信施設《しせつ》に赴《おもむ》き、外洋型宇宙船《パラス・アテナ》を呼び出した。

ありがたいことに、相手はすぐに応《こた》えてくれた。

「よう、どうした？」

端末画面の中で抜群の男前の顔が笑っている。

「キング、今どこかな？　暇《ひま》ならちょっとお使いを頼まれてほしいんだけど」

「おまえの頼みじゃあ断れねえが、お使い？」

耳慣れない単語に、さすがに訝しげな様子になる。

「うん。豪華客船で三週間の船旅に出て欲しいんだ。

この船、《門《ゲート》》を跳ぶんだよ」

パラデューにとっては興味の無い事柄だったから、そこには触れなかったのだろう。ひょっとすると、気づいてすらいなかったのかもしれない。

だが、相手は眼を見張った。

「ちょっと待て。豪華客船に重力波エンジンを積み込んだところで、今の共和宇宙に《駅《ステーション》》はないんだぞ。むきだしの《門《ゲート》》を跳ぶってのか？」

「そうなんだよ。びっくりだよね」

ルウも大きく頷いた。

「昔の豪華客船の頭脳なら、そもそも《駅《ステーション》》のない《門《ゲート》》は跳躍できないように調整してあったはずだから。最近の宇宙事情は知らないけど、よっぽど安定した《門《ゲート》》が見つかったんだと思う。それも複数。行き先を見ると、かなりの辺境が多いんだ。

——近年発見された《門《ゲート》》だとしたら、あなたも行ったことがないんじゃないかな」

相手が画面の中で身を乗り出す。


「そいつあ聞き捨てならねえな」

「だから、どうかなと思って。もちろん、この船、《門《ゲート》》へ行くためにショウ駆動機関《ドライヴ》も積んでる」

お使いの内容よりも、その事実のほうが相手には興味があったのは間違いなかった。

感慨《かんがい》深げな笑みを浮かべて頷いている。

「豪華客船を特殊船に仕立てるとはねえ。酔狂《すいきょう》なことを考えたもんだ」

「考え方としては悪くないよ。どっちも載せると、とにかく場所をとるもん。船は大きいほうがいい」

「——で。そのでかぶつでお使いに行けって？」

「うん。でかぶつの中でお使い」

「……おまえ、相変わらず言葉に不自由してるな」

呆れながらも、男はルウの話に真面目に耳を傾け、すぐに事情を飲み込んでくれたが、また首を捻った。

「豪華客船内でオークションとはね。写真があれば間違うことはないと思うが、本当に俺でいいのか？

美術はてんで素人だぞ」

「うん。そうなんだけどね……」

ルウは自分でもはっきりわからない様子だったが、妙な確信があったらしい。

「これ、どうもあなたに行ってもらったほうがいいみたいなんだよ」

相手にはそれで充分だった。

「乗船券は女房の分もあるのか？」

「当たり前だよ。彼女をのけ者になんかしたら後が怖いじゃない。そんな勇気はぼくにはないよ」

「それじゃあ、新婚旅行に誘ってみるか」

「何言ってるの。あなたたち、あと何年か経ったら金婚式でしょうに」

どう見ても三十代前半にしか見えない男は画面の中で楽しげに笑っている。

「そのうち四十年は生き別れてたんだ。今時の豪華客船ってのがどんなもんなのか、ちょうどいいから、視察してみる」

数字がいろいろおかしいが、ルウは笑顔で言った。

「それじゃあ、お願い。乗船券はパラデューさんが手配してくれるそうだから」

「おう、行ってくる」

男も笑って通信を切った。

あとがき

予告とお知らせです。

この続きの下巻は来月、二〇二一年の四月に出ます。

今回も一冊で終わる予定で書き始めたのですが、力及ばず、終わりませんでした。

連載は終了したものの、やはりあちこち書き足したい部分も出てきまして、担当さんに相当なご無理を言って二冊分冊にさせていただきました。

例によって関係各所にも、挿絵《さしえ》の鈴木理華《すずきりか》さんにも、大変なご迷惑をおかけしてしまう結果になってしまいましたが、原稿はほとんど（？）完成しているので、間違いなく四月に出ます。作者が言うのですから確かです。

上巻にも書き足し部分がありますし、下巻は四分の一程度は書き下ろしになりますので、連載を読んでいた方にも楽しんでいただけると思います。


二〇二〇年は本当に大変な年でした。誰も予想だにしない事態になりましたが、九月三十日にＣＤブック『スカーレットウィザード　幻の邂逅《かいこう》』を出していただきました。

スカーレットウィザード本編以前の話で、代替船で逃げるケリーと、それを追いかける連邦宇宙軍の戦闘機乗りだったジャスミンのエピソードです。

まさか形にできるとは思わなかった内容だったので、自分でも楽しんで書きました。

これを声と音楽でどう表現するのか心配でしたが、プロの方々はさすがです。

素晴《すば》らしい迫力のドッグファイトになりました。

ケリーが出てくるCDブックは今までも何枚か出させていただきましたが、前回までのケリーの声は『アベンジャーズ』シリーズのトニー・スターク社長（アイアンマン）役などで知られる藤原啓治《ふじわらけいじ》さんに演じていただいていました。

藤原さんのケリーは渋くて大人で、茶目っ気もあって、大好きでしたが、残念なことに二〇二〇年の春にご病気で亡くなられました。

本当に残念です。心からご冥福《めいふく》をお祈り致します。

代わって、今回の『幻の邂逅』では櫻井孝宏《さくらいたかひろ》さんがケリーを演じてくださいました。

間違いなく、今現在もっともお忙しい声優さんの一人です。

その方に声を当てていただいたことは、本当にありがたいと感激《かんげき》しきりでした。

櫻井さんのケリーは本編前ということもあり、藤原さんとはまた違って若々しい中にも一匹狼《いっぴきおおかみ》のアウトローの雰囲気があり、なおかつ悪戯《いたずら》っ気もあり、たいへん魅力的です。

よろしければ、ぜひ聞き比べてみてください。

茅田砂胡

初出：読売新聞オンライン　二〇二〇年四月一日～二〇二一年二月十八日
「カーディ少年と暁の天使　天使たちの課外活動シリーズ」

書籍化にあたり、加筆修正をおこない、本書『天使たちの課外活動7　ガーディ少年と暁の天使（上）』と二〇二一年四月刊行の『天使たちの課外活動8　ガーディ少年と暁の天使（下）』に改題・分冊しました。

ご感想・ご意見は
下記中央公論新社住所、または
e-mail：cnovels@chuko.co.jpまで
お送りください。

C★NOVELS Fantasia

天使《てんし》たちの課外活動《かがいかつどう》7
――ガーディ少年《しょうねん》と暁《あかつき》の天使《てんし》（上《じょう》）

2021年3月25日　初版発行

著　者　茅《かや》田《た》砂《すな》胡《こ》
発行者　松田陽三
発行所　中央公論新社
〒100-8152　東京都千代田区大手町1-7-1
電話　販売 03-5299-1730　編集 03-5299-1930
URL http://www.chuko.co.jp/

DTP　ハンズ・ミケ
印　刷　三晃印刷（本文）
大熊整美堂（カバー・表紙）
製　本　小泉製本

Published by CHUOKORON-SHINSHA, INC.
Printed in Japan　ISBN978-4-12-501430-2 C0293

暁の天使たち

茅田砂胡

菫の瞳に銀の髪、すさまじく礼儀正しい天使と緑の瞳に黄金の髪のおそろしく口も態度も悪い天使、そして黒い天使。３人の破天荒な天使たちの想像を絶する物語！

ISBN4-12-500755-1 C0293　900円

カバーイラスト　鈴木理華

クラッシュ・ブレイズ

夜の展覧会

茅田砂胡

300年前に描かれたルーファの絵と『まだ見ぬ黄金と翠緑玉の君』に残された遺書。リィはその絵を「おれのものだ」と判断した。しかしこの直後、かの名画が美術館からこつぜんと消失――！

ISBN978-4-12-501001-4 C0293　900円

カバーイラスト　鈴木理華

天使たちの課外活動 6

テオの秘密のレストラン

茅田砂胡

テオドール・ダナー休業のお知らせが突然サイトに掲載された。だが、店の誰もそんなことは知らないのである。リィたちのバイト先に何が起きたのか⁉　待望の書きおろし新作いよいよ登場！

ISBN978-4-12-501378-7 C0293　900円

カバーイラスト　鈴木理華

女王と海賊の披露宴

海賊と女王の航宙記

茅田砂胡

「鈴木理華画集」に収録された『女王と海賊の披露宴』と、その後の新婚旅行をテーマに書きおろされた『女王と海賊の新婚旅行』の二中篇を収録。

ISBN978-4-12-501405-0 C0293　1000円

カバーイラスト　鈴木理華

表示価格には税を含みません